U0533188

毛丹青 著

热活、冷活与生活

毛丹青旅日观察

接力出版社

图书在版编目（CIP）数据

热活、冷活与生活：毛丹青旅日观察 / 毛丹青著. —南宁：接力出版社，2021.12
ISBN 978-7-5448-7441-0

Ⅰ.①热… Ⅱ.①毛… Ⅲ.①随笔—作品集—中国—当代 Ⅳ.①I267.1

中国版本图书馆CIP数据核字（2021）第220552号

热活、冷活与生活——毛丹青旅日观察
REHUO LENGHUO YU SHENGHUO
MAO DANQING LÜRI GUANCHA

毛丹青 著

责任编辑：申立超 马 婕　　装帧设计：崔欣晔
责任校对：张琦锋　　责任监印：刘 冬
社　　长：黄 俭　　总编辑：白 冰
出版发行：接力出版社　　社址：广西南宁市园湖南路9号　　邮编：530022
电话：010-65546561（发行部）　　传真：010-65545210（发行部）
http：// www.jielibj.com　　　E-mail：jieli@jielibook.com
经销：新华书店　　印制：北京富诚彩色印刷有限公司
开本：880毫米×1230毫米　1/32　　印张：8　　字数：127千字
版次：2021年12月第1版　　印次：2021年12月第1次印刷
印数：00 001—10 000册　　定价：68.00元

版权所有　侵权必究

质量服务承诺：如发现缺页、错页、倒装等印装质量问题，可直接向本社调换。
服务电话：010-65545440

绿树、山道、梅花,做一次小小的远足。大家周末愉快。

2021.3.6

有猫的日子都是好日子。摄于 2019 年夏天。

一天网课结束，还是挺疲劳的。赶在夕阳西下时，
海边坐坐，治愈了一半。照片是夫人给我拍的。

2021.10.6

前言

　　这个时间段现在算起来，旅居日本已经30多年了，这期间正好可以把"平成年代"装进去，而且从头到尾，整齐划一。2019年5月1日，日本正式启用了令和年号。当天晚上，我收到了东京一家出版社编辑的邮件，她问我能不能用日语写一写中国人的平成年代。其实，这个点子不坏，但如果专门为此而写的话，似乎有些往后追的感觉，或许有些不自然，于是就拖了下来。不过，好在平时坚持用双语写作，一份记忆有两份备案。这本书就是出自中文的备案。

"了解日本"是我一到这个国家就立下的一个长期目标。这期间，我当过留学生、商社职员，也从事过远洋渔业的国际贸易，因此去过很多国家。后来弃商从文，成为日语作家，走遍日本四十七个都道府县，最终应聘到日本的大学任教，从事教育，讲授的课程还是关于日本。仅仅从这一点上而言，自己的目标从未改变过，因为我坚持认为"了解日本是为了丰富我们自己的智慧"。

这本书不是追叙的，而是与时俱进，全是平时的文字与手账涂鸦的记录。尤其是执教以来的这十多年，经常带中日两国的学生们进行田野调查，尽量让我们的思维从课本里跳出来，增加对现实的观感。日子长了，这样的尝试逐渐有了成效，尤其是在手机等终端盛行的时代，跟虚拟空间与二手信息泛滥相比，全身心投入到真实现场的冲动是宝贵的。在我的学生中有日本年轻一代的汉学家，也有回国创业的中国留学生，与大家的交往也是我平时记录的内容之一。

　　这本书的日常记录是可以让真实生活对号入座的，同时也是一回可持续性的记述。我想提供给大家的是自己的所见所知，犹如大河里的一滴水一样，希望能反射出它所承受的光芒。是为序。

二〇二一年五月十六日

目录

CONTENTS

看别人的故事,思考自己的人生,建立另类的视野。

第一辑

芸芸众生相

当"岁寒三友"遇见寿司 3
天草少女之歌 7

马蹄子与北海道男人的选择 11
日本人的名字，是有一点玄学的 15

卖鞋子与种茄子——日本大学生的奇怪就业观 19
超豪华列车的日式思维 25

日本的流浪汉与我 32

大阪人是鸭子嘴，东京人是河豚鱼 38

日本的颜色是海松色 43

居酒屋的故事 52

描写日本人时的一种思考 56

一位中国渔民在日本的传奇故事 66

一个人的车行 70

从诞生就看到毁灭,这是「距离」,更是「知生知死」「负面思维」。

第二辑

独有的「冷感」

祇园祭是男女相爱的最好季节　79

冷感从何而来　84

生前葬何以流行　89

日本年轻人的"离现象"　96

太宰治，一个反向生活的人　105

在日本，人有多"活"　112

灾难文学与其他　*119*

匿颜与日本社会　*127*

疫情期间的人际距离　*133*

读书，可以改变一个人的轨迹，遇见更好的自己。

第三辑

「菊与刀」

好的绘本就像一场公路电影　*145*

我与日本佛教相遇的现场是一块水田　*151*

《菊与刀》背后的两个女人　*158*

唐招提寺与东山魁夷　*166*

了解日本的另类视角　*173*

故乡是文学的起跑线　*178*

草间弥生何以走向世界　*184*
文学翻译的中日文现场　*194*

手账生活　*205*
后记　*222*

一切眾生

第一辑

芸芸众生相

看别人的故事，
思考自己的人生，
建立另类的视野。

当『岁寒三友』遇见寿司

2017.1.31

在日本料理中,我最爱的是荞麦面,其次就是寿司。三十年前刚到日本时去过一家寿司店,觉得规格很高。店内全是日式的内装修,一朵小花,一片树叶,气氛显得简朴清新。一直到吃完以后,我才知道寿司是可以外卖的。但是,那个时候没有手机,家里安装一部电话还需要支付加入费,而且电话费非常贵。因此,打电话到店里叫外卖并不流行。

至今我还记得，当时我问寿司店的店主外卖是怎么个卖法。他给了我一份菜单，菜单上只写了三个字——"松竹梅"。不用说，我当时一看就明白了这三个字的意思是"上中下"，类似排行榜，这样，外卖时按照三个价格供餐，既方便又简单，对于客人来说，也容易订。

有一回，我白天路过这家寿司店时告诉店主晚上需要两份"竹"，他很热情，一看就知道我懂了他店里的规矩。其实，从我内心来说，因为到日本不久，强大的中国教养让我知道，"松竹梅"其实是来自"岁寒三友"之说，正所谓"大雪压青松，青松挺且直""未出土前便有节，待到凌云仍虚心""宝剑锋从磨砺出，梅花香自苦寒来"，这些诗句其实完全没有排行的意思，而是表达了高贵的人格以及对忠诚友情的比喻。

不用说，日本人把"松竹梅"的含义给篡改了，或者也可以说是"改写"了。可这一行为究竟是如何发生的呢？我查过一些相关的资料，虽然还是说不太清楚，但有

一段语言却挺有意思，尤其是时隔二十多年，当我又一次到那家寿司店跟店主继续讨论"松竹梅"的时候，店主高兴得不得了，一直跟我聊天聊到其他客人走光了。他说今晚他请客，而且还为我炒了两道菜，他说："因为毛教授是中国人，同时也是一位知道我松竹梅用法的尊贵的客人。"

刚才说到的段落是这样的。从前有三个工匠，名字分别叫松藏、竹次郎和梅吉，三人收到了一个大户人家的婚宴招待邀请，一个劲儿发愁宴席上究竟能拿什么为大家助兴。于是，三人一起找到了山里的隐居高人，打算请教一下。隐居高人说："你们还是说点有趣的事情祝贺对方比较好。"不过，这三个工匠笨嘴拙舌，实在是说不出什么来。隐居高人说："那干脆就用你们的名字说事儿吧。"于是，三个人商量好，排练成了这么一个段子。松藏第一个说："成了，成了，当家的女婿成了。"竹次郎第二个问："成什么了？"梅吉第三个答："成了长者了。"最后，三人齐呼："新婚贺喜！"

结果，一到婚宴现场，松藏太紧张，竟然把"婿"的发音发成了"爷"，而最后的梅吉则把"长者"的发音发成了"亡者"。这么一来，吓坏了松藏和竹次郎，他们甩

下梅吉,撒丫子就逃走了。两人气喘吁吁,跑到隐居高人那里说明了事情的原委,却不料隐居高人大笑,并说:"别着急,等到梅花开了就好了。"原来,隐居高人一开始就算好了梅吉的"梅"要等到最后开花时才顶用,而不争气的梅吉也算倒了大霉了。

"岁寒三友"在日本风景中亦随处可见,此时正是京都天满宫的梅花开花的季节。

在日本,原本高贵圣洁的梅花就是这样被用于了"松竹梅"的"梅",表示三个等级中最差的一个。当然,这仅仅是个民间传说而已,暂无学术考证,专此补白。

天草少女之歌

我遇到她们是在去往九州的旅途中。先是坐客货船从神户出发抵达北九州，然后又租了一辆汽车一路往西开，一直开到熊本县的天草。在一条小河的一座小石桥的上面，她们向我走来，问："您是旅行者吗？"

我当即答道："是的，昨天从神户坐船，今天早上刚从北九州开车过来。"还没等我的话音落下，她们一齐说："您辛苦了。"

仔细看上去，她们的胸前都有一块牌子，上面好像写着学校和她们自己的名字，于是，我问她们："你们是高中生吧？"

"是的。"她们的嗓音比刚才似乎大了一些，笑脸也露出来了。不用说，按照我到处游走的经验，她们是高中的实习生，专门为旅行者做义务向导。

"你们怎么一下子就看出我是旅行者呢？"

她们听我这么说，好像有些吃惊，但很快，个子矮的女学生说："看您拿着照相机，看什么都挺好奇的样子，所以我们觉得您是旅行者。"

听起来，这是一件简单的事情，尤其对刚到一处陌生地方的人来说，来自对方的猜测或许是一个小小的惊奇。因为从这个惊奇开始，有和他说话的人了，除了眼睛的观察，还可以用耳朵聆听，旅途变得丰富起来。

天草是一个地名，美丽的名字让我想起曾经去过的北海道，那边有一个小岛，名叫天卖岛，岛民都是从事渔业的，不到两百户人家的样子。据说天卖岛的名字是从阿伊努族人那里得来的，所以听上去有些稀奇。同样，天草的地名由来是否也有呢？这是我问她们的一个问题。

她们告诉我，《古事记》里面的男岛和女岛就是现在天草的上岛和下岛。原来上、下两个岛是一体的，后来海水又涨又退，把它变成了两个岛。天草的"天"字实际上是"天的孙子"的意思。她们一个人跟我这么说，一个人手指大海的方向让我往前看。可惜，天是阴的，灰蒙蒙一片，很难看出什么名堂。不过，尽管是这样，我还是装出了看得十分清楚的样子，感谢她们的解释。

遇到热情的她们和那种大都市里再也看不到的笑脸，真叫旅行者高兴。日本的乡下实在是比城市有情调得多。

"天草少女"将成为我游记里面的一个篇章，而且随着在都市生活的时间越来越长，去这些地方旅行的想法也变得越来越强烈。

在天草住了两夜，回程坐的是小飞机。在机场候机的时候，我居然又遇见了她们，当时她们正帮年老的旅行者拿行李，看上去很忙。于是，我也没再打招呼，一直到坐上飞机从机窗往下看的时候，这才意识到，我似乎还在寻找地上的她们。

马蹄子与北海道男人的选择

我喜欢看日本的赛马,但我不是赌马徒。看马,看它的迅捷,同时也看它的沮丧。有时当一匹好马得了冠军,凯旋后绕场奔跑的时候,全场掌声雷动,尤其是众人歇斯底里的叫喊声,大概是我到过的所有的公共场合中最厉害的。至于败北后的沮丧的马,你只要看看它的马蹄铁,那种失去了光芒的金属感就令人心里不是滋味儿。

赛马必备"装蹄铁师",有的师傅干了一辈子,一生都为赛马装马蹄铁,别的几乎什么都不计较。告诉我这些事情的是一个日本中年男人,他是我去北海道的时候在一家小酒馆认识的。当时外面的气温是零下十四摄氏度,对于怕冷的旅游者来说未必是出游的好季节。当然，这样的季节是不会有赛马赛事的。

中年人说他冬季没什么事情干，打算到暖和点的东京闯闯看。我问他："有没有什么家业？"他沉默了一会儿，答道："我可不想继承我父亲的那个行当，整天给马装马蹄铁。"

装马蹄铁，实际上是一门深奥的学问，当然，这样的话题是不用我提醒的，中年人从小看着他父亲为马装马蹄铁，嘴上说不愿意，但话一说多，没准儿他还会流露出对父亲的敬慕，北海道牧场的男人很多都有像他一样的性格，嘴上埋怨，但心是暖暖的。

为马装马蹄铁最重要的是把握住马蹄边的位置，因为马蹄铁是用金属做的，必须用钉子钉上去，一旦钉进去的

角度发生了偏差,就很容易钉到马蹄的神经上,给马造成灾难。中年人告诉我,他的父亲为了把握住马蹄边的位置,经常抱一床被子住到马棚里,有时还跟马嘀嘀咕咕,也不知道他跟它都说了些什么。到了第二天清晨,马要装马蹄铁了,按理说,这要靠人用力拢住马腿,叫它动弹不得,然后安静地装上马蹄铁。可到了他父亲这里,没等马蹄铁拿过来,那匹马就慢悠悠地走过来了,对着他的父亲鞠躬,表现出十分亲昵的样子,然后,他父亲一个人就把马蹄铁给它装上了。我问中年人:"这么神奇呀!难道你不喜欢马吗?"

中年人叹了一口气,抽了一口烟,声音低沉地说:"倒也不是,我父亲给马装了一辈子马蹄铁,可由他装蹄铁的马从来就没赢过一场赛马,老跑老输,有人怀疑他老是想着马怎么舒服怎么装,压根儿就没想过赢。"

"能有这样的事?"听了他的话,我多少有些怀疑。小半天儿,中年人不说话了,一直到我要离开小酒馆的时候,他忽然跟我说:"我这人虽然不跟马打什么交道,但我儿子发誓要继承他爷爷的事业，他上小学六年级了，一到夏天，天天跟他爷爷睡马棚！"

说完，中年人坐回座位上继续喝他的酒，而我，一个人推开小酒馆的门走回了饭店。

日本人的名字，是有一点玄学的

2018.4.24

现在，日本叫什么什么"子"的女婴越来越少了，据说这跟年轻的父母有关，因为这些人大多是玩电子游戏的一代，对古怪而新潮的字眼儿敏感，而对传统的称谓却有相当大的抵触情绪。

我周围就有不少年轻日本人，他们说，现在叫什么什么"子"的都太老套了！这在老人那里绝对不成问题的事，到了年轻人嘴里却变得如此夸张，好像凡是叫什么什么"子"的都是老的表达。

比如有些少女乐手，如果叫她们什么什么"子"，似乎很难从印象上兑现。"子"的叫法更适合日本经济高速增长的二十世纪七十年代,那个年代的女性朴实温顺,善良友好,心里有主心骨,但多少有些黯淡。大部分的日本人每天像一群辛勤的蜜蜂,来往于大都市的地上和地下,不是往里钻就是往外奔跑,尤其是上班高峰期,东京地铁站换乘的时候,人流从黑压压的车厢里喷射而出,从上往下看,就像河水倒流一样,几乎没有一点空间!

日本人叫什么什么"子"的也许挺魔幻。

因为彼此熟悉了,所以周围不少日本人跟我说起自己的嫉妒心,当然除了女的,也有男的,大家说的都是身边发生的琐事,几乎没人说别的。

有个日本公司的年轻职员,是从乡下来到东京的,每次跟同事出去吃饭时都觉得自己是乡巴佬,生怕别人看不起,尤其跟美女饭后一起去卡拉 OK 的时候,他的自卑感就越发强,加之男同事们都是大城市的帅哥,就越发让他着急。于是在帅哥唱歌的时候,他就摆出一副若无其事的样子,但实际上手里却偷偷拿着遥控器把伴奏的音调调得很高,结果帅哥突然唱不上去,露了大怯!而

他在旁边却发出得意的笑声。

还有个日本女生，谈了很多男朋友都没谈成，心里郁闷，遇到一天好天气，出门上街。这时正好看到一对热恋的情人手拉手从前面走来，觉得十分别扭，本想绕道避开，不料对方男生说："能麻烦你帮我们照个相吗？"无奈，她只好装笑回答道："好吧。"

接下来，她接过对方的相机，通过镜头看见一个破衣烂衫的男人正要从这对情人的身后走过，于是她迟迟不按快门，故意等到那个男人走过这对情人背后中间的时候，她才按下快门。很显然，在一对幸福情人的中间就出现了一个奇怪的男人。其实，这正是她想要拍出的效果，她心里想的也是"天下哪有那么多幸福的事情？"。一对情人高兴地离开了，但这个充满了嫉妒心的日本女生说她至今也不后悔，反倒觉得当时的那张照片让她后来的心情好受多了！说起来也算巧合，刚才说的男职员姓"子安"，女生的名字叫"浩子"，两个人名字都带"子"。

当然，拿日本人的姓名含"子"说事，也许有点无厘头，还是先把意思界定一下吧。我理解的"无厘头"是指一个人做事、说话都令人费解，除了说话无中心以外，他或者她的语言和行为并没有明确的目的（但偶尔也目的明确）。

　　大学里有两个日本学生，一个是女扮男装，另一个是男扮女装，从整个大教室里看，每次都发现他俩坐对角，谁也不理谁。后来，他和她毕业几年后，原本对大教室内的情景记忆都差不多淡忘了，就在最近，也就是这周，我忽然接到了两人签名的来信，上面说他跟她结婚了。过去打扮成女人的他现在当上了警察，天天要到外边巡逻，蛮忙的，而过去打扮成男人的她已经去了一家航空公司，据说很快能当上空姐。看了这两个日本年轻人的信，觉得有些无厘头，想当年大教室内的她与他到底是谁主动找了谁呢？无独有偶，这两名学生的名字也都带"子"，似乎是被命运安排好的一样。

卖鞋与种茄子
——日本大学生的奇怪就业观

2019.1.26

在日本大学执教多年，每年都当日本高考的监考官，而且全是在冬天，准确地说，就是新年一月下旬，年年如此。监考的步骤以及如何应对考生，所有这些都写在一个叫作《监督要领》的大册子里。其实，这个册子非常不实用，虽然上面所记述的每个细节都是在高考过程中可能出现的各种情况，甚至包括一旦有的考生承受不了压力，突发奇声时应该如何应急，面面俱到，但毕竟册子太大，一手拿不下，每位监考官为防万一又不得不拿在手上，不少监考官干脆把它塞进了裤兜，结果走起路来活像一只只的企鹅，十分动漫化。

日本高考的英文全称是 National Center Test for University，最早是从一九八八年开始试行的，后来到了一九九〇年改称为"大学共通一次考试"，正式作为了大学的统一考试，即"高考"。不过，日本的高考与国内不同，所谓的"高考"并不是唯一的考试，因为还有各个大学的自主考试，合并判断考生的水平。当然，日本高考成绩的参照比例不低，有的考生凭借高考的高分就能直接升学，所谓"单项成绩"指的就是这类获得高分的考生。

　　二〇一九年，全日本参加高考的考生接近五十八万人，日本各大学的考场加起来共有六百二十二个，我所在的大学也是考场之一。早上一到大学，就能看见考生的家长三三两两地聚集在校门外，虽然人数不多，但表情都是凝重的，这可能就是日本常说的"应援"吧。每年当监考官，除了严格完成《监督要领》上所规定的事项外，我有时也会观察一批批的考生，因为这是日本年轻人的众生相，跟往后上大学，乃至就业观念都是有关联的。实例很

多，在此只举二〇一九年高考现场的一个例子。

当年一月十九日上午，第一门高考科目是地理、历史与公民，我负责监考的考场一共有二百五十五名考生，监考官包括我在内，一共有十四位。其实，监考官们已经在前一天都演习过了，谁站在什么位置，负责监控哪几行的考生都是确定的。当天，开考前三分钟，有个考生也许因为生怕迟到，一个冲刺直接冲进了考场，气喘吁吁，但不小心滑倒在地，手臂高扬，装口罩的塑料袋竟然径直飞了起来，一下子贴到了高墙的空调上。也许是因为空调放了强大的暖气，暖风直接把塑料袋吹了上来。一瞬间，场面变得十分滑稽，那个塑料袋在空调上随风飘扬，发出沙沙声响，而且还很大。不过，这时令我感到不可思议的是，整个考场的考生竟然没有一个人关注这个意外，每个考生都面孔死板，大家都在等待着即将宣布考试开始的瞬间。这一过程很短，但这群整齐不乱的考生面孔甚是让我觉得威武。

其实，针对

这一意外，刚才提到的《监督要领》上也是有应对的，没有一分钟的样子，考场设施的修理工接到监考官的通知，拿了一架长梯跑了进来，并且迅速登了上去，用手轻轻地把塑料袋摘了下来。尽管修理工的动作弄出了不小的声响，但即使如此，所有的考生也没有一个东张西望，大家的面孔还是死板的，谁都不变。

整场考试顺利结束后，我问社会心理学专业的日本教授刚才的情景何以发生，他几乎没想什么，直接回答我："这是人人相窥而互动的结果，日本人最容易受人影响，没有中心，全是躲在边缘，一门心思往狭窄的方向想。"

听完这位教授的解释，我想起了二○一一年日本的东北地区发生强震与海啸后，读到作家村上龙在《纽约时报》刊载的专稿，其中一段大意为："上周五，我离开横滨的家住到新宿的高层酒店，刚进门就发生了强震，这时酒店广播说，本酒店抗震，不会出现损坏，请各位不要离开酒

店！"对此，我虽然有点怀疑，但它让我感觉到了人对地震的最根本的态度。他的这篇文章题目是"危机中的希望"。

同样也是新宿的酒店，有一回我住进去后有震感时，完全同样的广播响遍了酒店，因此，我也不再好奇，似乎已经开始习惯了。这也许是提前读到了村上龙的文章的缘故。跟东京朋友聊天，他说日本建筑物分耐震和免震两类，前者强震时可以受得了大幅度的摇晃，后者与之相反，可以把摇晃幅度变小，一般高层酒店会采取后者的建法。听他这么说，我似乎明白了为什么高层酒店遇到地震时请求大家不要离开房间。不过，从道理上说，除了耐震和免震之外，其中间状态也许应该有"减震"才对吧。同样是二〇一一年，大学照常举办了毕业典礼，因为是震灾期间，所以庆祝会从简，宴会场不提供酒类，学生与教员寒暄，因为从这一天起，毕业生开始走上社会，也许一辈子也不会与教员再见，每个人都像一艘启航的帆船一样，朝向自己的目的港驶进。

有个日本学生跟我说："我下了一个很大的决心！"

"哦，是什么呢？"我问他。

他稍微犹豫了一下，然后压低嗓门儿告诉我："我推掉了公司的录用意向，打算考大学院继续念书深造。我想研究地震与海啸，为了防灾，也为了人命！"

另外，还有一年，在毕业典礼的晚宴上，有不少日本学生跟我说了他们的抱负。听上去，所有人的抱负都不大。一个学生说："我在一家鞋店就职了，今后一定努力卖鞋，卖一辈子。"我问他为何如此坚定，他说人不能不穿鞋。同样的道理，另一个日本学生说他回老家种地，种茄子，而且要种一辈子。我问他为何如此坚定，他说人不能不吃茄子。

最后，顺便说下，日本的大学为了帮助学生就业，经常发适应性测试卡，让学生填写回答，宣称这些回答能让学生知道自己未来适合哪种职业。这么多年，我经常与日本毕业生谈起这种测试卡，而大部分学生表示这种卡完全是扯淡，因为只有你干起来之后才知道工作是否适应，工作在前，而人在后。一个大学生尚未获得任何社会经验，仅靠兴趣爱好回答测试卡，这只能是一场游戏，毫无实用价值。但凡相信适应性测试卡的人，到头来，很快就会辞掉工作，因为大家这时才知道工作与兴趣爱好并不一定是匹配的。

超豪华列车的日式思维

2019.3.30

　　日前，我应 BS 东京电视台的邀请出演了一档旅游电视片，地点是九州地区，交通工具是超豪华列车"九州七星号"，英文是 Seven Stars in Kyushu。其中的"七星"并不意味着酒店排行榜上所标识的星级，而是专指九州地区的七个县，即福冈县、佐贺县、长崎县、熊本县、大分县、宫崎县和鹿儿岛县。

　　这回与我同行的还有日本摄影家织作峰子女士，她十年前专程飞往中国，拍摄了一本名为《光彩上海》的写真集。我问她："光彩为什么如此吸引你呢？"她当即回答："因为摄影是追求光的艺术。"

于是，在这一路上，缘起于关键词"光"，我开始思考一些元素。当然，这里所说的元素只是"在地文化"的一种，并非面面俱到。自从二〇一六年在上海创办《在日本》杂志书系之后，我逐渐发觉对一个文化的了解，"在"与"不在"之间的认知是有差距的。主张"在地文化"是最近这两年的事情，其中的理由之一是中国每年赴日旅游的客流量激增，二〇一八年已经突破了八百万人次，创下了历史新高。之二是对日本的了解逐渐深化，很多感想已不再是书本上干巴巴的描述，而是通过每个个人的体验形成的，这实际上也是中日关系史上前所未有的现象，无论是人员交往的规模，还是个人相知的深度，至少从中国对日本的了解而言，这些都是正能量的成长。人流是"思想流"的唯一载体，由此可见，只有人"在"过当地，才能深度理解，发现平时无法了解的细节。

　　把话说回到刚才的"光"，日本人评价一件事情经常

加上"影"字,简单说起来,任何一件事情都会有"光"与"影",前者是正面的,后者是负面的,简而言之,这只是一个对与错的格局而已,并无更多的深刻含义。

超豪华列车"九州七星号"当初的设计构想是为了打破日本少子化给地方经济带来的负面影响,试图把列车的运输功能变成观光功能,这个看上去似乎是功能的一个替换,但深究其原委,其中又充满了日本人独特的想象力。

二〇一二年春天,九州旅客铁道公司总裁唐池恒二与列车设计师水户冈锐治在记者招待会上首次公布超豪华列车"九州七星号"构想时,惊起四座,很多人怀疑,在日本经济停滞,少子化现象越来越严重的时代,有谁会支付高额的费用乘坐这趟只有七节车厢、十四间客房、满员三十位的列车呢?"九州七星号"的票价不菲,两天一夜的行程为每人33万—42万日元(约20000—26000元人民币),而四天三夜的行程为每人68万—90万日元(约41000—55000元人民币)。

唐池总裁的解释是这样的:"三十多岁时,我就有了这个想法,列车应该加两个字头,

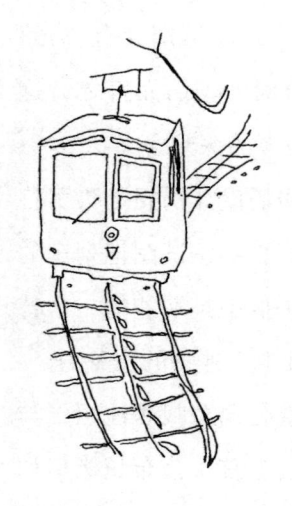

一个是 D，来自设计 *Design*，另一个是 S，来自故事 *Story*，我想打造的是世界上最豪华的 D + S 列车，由这列列车带动的是沿线的大自然、美食、温泉、历史与文化，还有浓厚的人情。"

从发表构想到"九州七星号"始发只用了一年半的时间，二〇一三年十月十五日，这列超豪华列车启程了，运营至今已经五年。在这期间，尽管地震和水灾使原定的铁道线路遭到重创，不得不变线运行，但其人气不减，预约仍需要等半年以上。

日本人的思维容易向纵深发展，在很多场合，宁愿不看横向的，或者叫大环境的走向。比如，少子化就是典型的例子。日本政府目前提出延长个人劳动的年限，推迟劳动者退休的年龄，其目的就是向个人寻求生产资源，用个人的"质"顶替人口的"数"。其实，日本的铁路评论家也是这么评价"九州七星号"的，他们认为过去日本乡村的主流大都是当地的寺院，无论是生老病死，还是日常对幼儿的教育，大部分都与寺院有关，寺院的住持既是幼儿园的园长，同时也是墓地的管理员。这些社会性功能如果能还原到铁路上的话，"九州七星号"就既能带给沿线以

"面孔"的效应，同时也能"以线带面"，使其"形象"扩散，注入整个九州地区，达到观光振兴的目的。毋庸置疑，单单从这个角度而言，超豪华列车的"光"远远胜过了"影"。

　　在这回的旅途中，我问了列车员山元里子为什么会报名到这列车上工作，她的回答很直接："我是南九州出生的，老家在鹿儿岛县，原来只是在老家附近的铁路公司上班，可当我听说这列超豪华列车要启动时，心情很激动，当即就报名了。"

　　我问她："究竟是哪个地方让你如此向往这列列

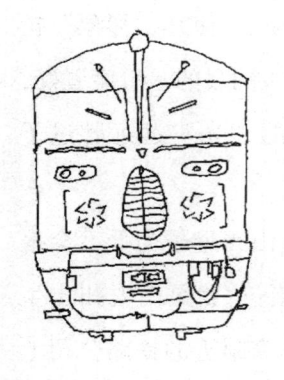

车呢？"

她略微想了想之后，继续回答："虽然这也是一列列车，但对我来说，却是一个未知的世界，因为从客房的打扫开始，一直到宴会厅的服务，所有的要求完全是星级酒店式的，这不仅仅是一列列车，更是一个人与人相遇、人与人相识的空间。我知道很多乘客一辈子也许只乘坐一回，但恰恰是这一回才会留下最浓厚的、最深刻的印象，一辈子不忘。每当我想到这些，甚觉自己的工作有意义，尤其是看到有的乘客为了纪念夫妻结婚六十年，也有的是为了庆祝退休，还有的是为了祝贺自己大病初愈……不管出于什么理由，这些都是属于个人的，出于个人的所想，大家才选乘了这趟超豪华列车，每回想到这些，我都觉得自己是幸福的，能与人如此相识真的是一件美好的事情。"

日语说"一期一会"，用在此处应该不为过。

"九州七星号"继续在行驶，电视片的拍摄也在继续，除了摄影家织作峰子女士之外，她的好友法国记者 DORA 女士也参加了进来，大家所谈的话题都是即兴的，没有事先准备。这大概也是旅游电视片所需要的效果吧。

不过，有一点十分明确，通过这次超豪华列车旅行以及与厨师、列车员的交谈，我知道了"在地"之所在，因为只有进入与交谈，才能深度了解对方的文化。这不仅仅是一次旅行，更是国与国之间的文化交往的走向。这个走向很大，而且是不会改变的。

日本的流浪汉与我

手头正在写《一个中国人的平成史》,写得很慢,主要是因为天天忙教务,还有其他杂事,总是有点往前赶的感觉。不过,慢写也有慢写的好处,往事虽然像过眼云烟一样,但也许是由于时间停留的关系,不少事情却变得清晰起来。

大约是三十年前,我已经在东京的筑地鱼市当学徒了,每天跟一位卖鱼的日本大师傅一起,半夜三点出工,清场与备货,从常温长车上卸活鱼,日子虽然辛苦,但过起来还是挺有节奏的,每隔一段时间给留学德国的妻子写信,写到鱼市上的事情老是写不清,这无非是因为自己的

日语不过关，光是弄清牙片鱼与石鲽鱼每个部位的日语说法就花去了不少时间。不过，好在日本大师傅热情，常常教我，很耐心，燃点也很高。他是北海道人，过去是渔民，出海打鱼四十多年，已经习惯了夜行。

我在东银座借住的公寓楼就是他介绍的，而且他还提醒我这楼附近的公园有一位流浪汉，破衣烂衫，但让我不要介意，他说流浪汉是个好人，与人无争，很安静。

其实，我在筑地鱼市做学徒是有期限的，一共六个月，多一天都没有，据说这是我供职的水产公司跟筑地鱼市签的合同所规定的。鱼市是一个非常庞大的公司，管辖整个筑地大大小小的鱼店。我见过一回鱼市的大老板，一位个子不高的日本人，肚子挺挺的，嘴巴鼓鼓的，活像一条河豚鱼。

住公寓楼，起先没什么特别的，每天深夜出工，从筑地鱼市回来的时候大约快中午了。这个时候，我总能看见公园里的流浪汉。他端坐在一张石头凳子上，双眼仰望天

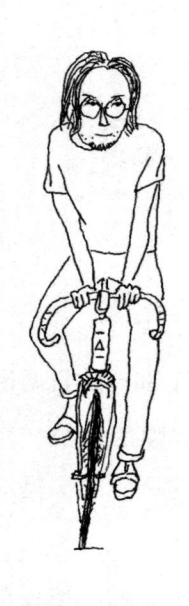

空，好像看得很远的样子。后来，做学徒的日子习惯了，每天都是一个套路，无论是走路也好，骑自行车也罢，甚至在路上遇见一队队幼儿园的小朋友，也会大声问好了。

有一天中午，天降暴雨，我没带雨伞，一溜儿小跑，甚觉焦头烂额。跑过公园的时候，仍然坐在石头凳子上的流浪汉突然拿出了一把雨伞，对我说："快拿去吧！"

他的好意让我吃了一惊，因为他在雨中淋雨，并没有打伞，而且我住的公寓离公园很近，跑几步就到了，反倒是刚才跑过来时遇见他就好了。他又说了一遍："快拿去吧！"

我停住了步子，觉得不好意思回绝他，于是接过雨伞，说了一句"谢谢"，就走回了公寓。

第二天是个大晴天，收工后，我特意从筑地鱼市上买回了茶叶蛋，然后拿着雨伞去了公园。流浪汉跟昨天一模一样地端坐着，连仰望天空的方向好像都没变。我上前跟他打招呼，谢谢他借给我雨伞，还请他收下我的茶叶蛋，并告诉他我是从中国来的鱼市学徒，茶叶蛋是我从小就爱吃的。他看了看我，连声说"谢谢"，然后露出了笑容。

这大概是我见过的他的唯一一次笑容。

在后来的日子里，每当我路过公园的时候，大致上都会看见他。有时跟他目光对上了，就会相互点点头示意一下，但再也没有说过话。再到后来，我越来越忙，一直到我结束了学徒期，搬出公寓返回关西地区为止，跟流浪汉之间都是这样，淡淡的，犹如流水，相互看见了就点点头，仅此而已。

从筑地鱼市回来后，远洋渔业的项目也开始启动了，我被水产公司派往新西兰，在一个渔港附近租用了很大的冷藏仓库，每天跟国内的渔船和韩国等各国的渔船打交道，其中最不好对付的就是俄国的渔船，争吵起来谁也不让谁。

两年下来，远洋渔业的国际贸易初具规模，我也有了休假。妻子决定从德国飞来日本，跟我一起住，再也不用两国分居了。那天她搭乘的 AEROFLOT（俄罗斯航空）飞抵成田国际空港时，我是开车去接的，至少提前了两个小时就到了。为了节省停车费，我把车停在了停车场外面的路边上，我自己一直坐在车里，想象着我们未来的生活。

也许是过早喜欢回忆的缘故,我把在东京住的酒店就订在了银座。有一天的中午,妻子去见她在德国时的闺蜜和猫咪,我又回到了过去住过的公寓和附近的公园,因为很想知道那位流浪汉的现状。

我在公园站了一会儿,但没有发现他,一直等到公寓楼的管理员认出我时,我才知道了下述的事情。当然,如果没有管理员与我的巧遇,也许我一辈子什么都不知道。

管理员跟我说:"流浪汉原来是建造这幢公寓的建筑公司的老板,后来公司倒闭了,欠了很多债,加之与家人分离,完全失去了生活的信心。他说这幢公寓楼是他的心血楼,所以总是要看它。他身体不好,又不去看病,去年的冬天去世了。"

听了管理员的话,我一时无语了。还没等我说话,管理员突然问我:"下大雨的那天,他递给过你一把雨伞,后来你还送了他茶叶蛋,对吗?"

"是的。你怎么知道?"我急忙问。

"这是他告诉我的,他说茶叶蛋是他人生第一次吃到,非常好吃。我问他这是谁送给你的,他说这是主送给我的。流浪汉是一位虔诚的基督徒,一

直到死的时候,放在胸前的双手还是交叉着的。"

管理员停顿了下,略带伤感地说:"我知道茶叶蛋是你送给他的,我有时也送给他一些吃的,他都说这些是主送给他的,他是一个非常安静的人。"

离开公园时,我走得很慢,想起他一直仰望的天空,眼前有些模糊了。

大阪人是鸭子嘴，东京人是河豚鱼

在日本待的时间长了，有时对他们的语言竟然感到麻木，这样的感受恐怕不只我一个人有。

我认识一位日本女作家，她跟我一样，也是用两种语言写作。不过，她除了用她的母语日文，另一种语言是德文。她说："德文没有强烈的图像感觉，有时就像一条条钢丝绳，绳子上没有油，干干的，抽打在记忆上叫人痛苦不堪，有时都想哭出来。"

听她这么说，我并不觉得惊奇，因为我用的两种语言——中文和日文，都是图像形语言。更准确地说，日文是中文在图像上的变种，它变得稀释了，疏散了。我记得小的时候，小学老师让我们背诵课文，那课文上密密麻麻的汉字就像黄昏时的马蜂一样，在你的视野内飞来飞去。有时我真怕背课文，感觉简直跟受刑差不多。

话虽这么说，那也是我长大了，不仅自如地掌握了母语，而且又掌握了一门外语以后才发这个感慨的。于是，我对日本女作家说："事情未必全这么惨。我刚来日本的时候，日文也不好，听人家说话跟听噪声一样，尤其是到杂货店里买东西的时候，比如想买一罐洗洁精，种类繁多，货架上一大排，琳琅满目，弄得你不知道选哪个才好。我这个人又好较真儿，非要弄明白这么多洗洁精到底哪个最好才算罢休。"

"那你还要一个个挨着看下去？家庭用的洗洁精包装本来就不大，印在上面的说明文又跟蚂蚁那么小，看起来可费劲啦！"日本女作家似乎很为我担心，她一边说，一

边用手比画洗洁精的罐子。

"我才不看说明呢！字又小，又不能全看懂。再者，时不常，商店里大喇叭就会广播什么什么品种减价啦，从几点到几点减价之类的，我又不能全听懂，真折磨人！"

"那你是会去问店员吗？"

"对呀。遇到这种情况，我都会去找店员，管他听懂还是听不懂，也不管我自己明白还是不明白，只要见到店员那嘴巴一张一合的，我心里就踏实。不过，说来也怪，当时，一个完整的句子我都听不全，可店员的神情居然能叫我放心。他推荐的好的洗洁精一定是拿在手里面的，不然，他就用手指对着货架子点一点，表示商品一般或不好。"

"那是人家

店员热情，可能他不知道你听不懂日语。"说到这儿，日本女作家似乎有些明白我想说的意思了。其实，我想告诉她的就是下面的这段话。于是，我夹杂着中文跟她说："同样在日本，大阪人跟东京人说话还不一样。大阪人发音咧嘴的时候多，比如他们发的音很像中文的泥、西，还有鸡之类的，可东京人发音噘嘴的时候多，他们的发音像中文的多、窝，还有炒菜用的那个锅之类的，我看他们一个是鸭子嘴，一个是河豚鱼。"

说到这儿，日本女作家放声大笑，她一边用细嫩的右手捂住漂亮的白牙，一边笑着问我："你是怎么知道的呢？"

我看了看她，心里也觉得挺滑稽，所以干脆说："因为我不懂日语呀。"

她笑得更厉害了，笑得前仰后翻，我也跟着笑起来，

并且笑着对她说:"你要小心啊,笑多了,那嘴比鸭子和河豚都可怕,你的嘴快跟我老家的水桶盖儿一样啦!"

她还是一个劲儿地笑,一直笑到我的面孔板起来的时候。还是这位日本女作家,几年以后,我在东京的报纸上读到她写的一篇文章,其中一些内容跟我上面的描述大致相同,也算是当了一回共同的叙述人,很愉快。

另外,顺便说下,有关日语写作的心得以及日常的所想所思,我大致都在推特上用日语直接写,而且是天天写,加起来写了大约八十多万字,犹如编织渔网一样,越编越宽,越编越大。

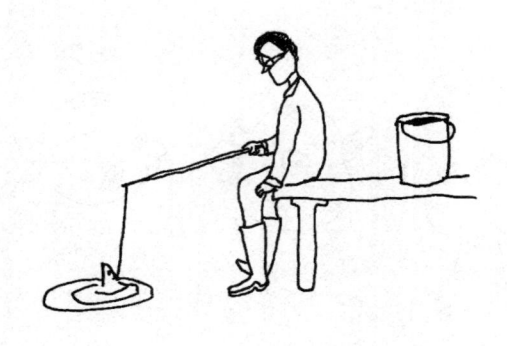

日本的颜色是海松色

2019.8.20

如果不是我眼下在日本的大学执教，或许也不会在意日本学生与教员的关系，尤其是三十多年前刚刚留学时，基本上就是随大流，并不明白教员对我的真意。当然，我这么说并不是为了应先人的景，就像鲁迅先生写他的日本教员一样，一定是属于他那个时代的直接感受，而并不是今天的场面。

其实，上学时对所学知识的记忆很容易淡化，因为谁也无法保证你毕业后会用上这些知识，不用就等于被遗弃了。对此，作为学生，有时教员的一句话就可以左右你人生的判断，而这句话往往与所学的内容无关。这大概就是知识与智慧的区别，前者是训练，后者是感悟。仅仅从这一点说，我必须承认当年领悟清水正之教授的那句话是非常快的，近似"秒懂"！他当时对我说："想学好语言，就要先忘掉死记硬背的内容，但要记住那些如何记住的智慧！"

其实，学生对每个现场的记忆尤其珍重，因为大家通过自己的肢体，包括我现在的日本学生学汉语时的发声，让记忆还原成最先生成时的状态。所以，即使是在酒席上，学生们有时也会请退休的恩师再现当年的学习情景，顿时返回到青春美丽的时光之中。如此师徒值得称赞。

我每年都会结识日本学生，特别是在关西学院大学的"社会表象特论"课程上。这项课程涉及与异文化的交往和个人的表达能力，所以听讲的学生比其他课程尤其多。其间，我提问："让你努力学习的动力是什么？"交上来的答案五花八门，很好玩。有个学生写道："我抽烟，每回看到烟灰死活不掉下来，一直挂到最后一口时，我就会努

力学习！"

有一次下课后，一日本学生送我一罐咖啡，我问："怎么了？"他说："昨天我过生日，在学校自贩机买了罐热咖啡，结果发现罐底贴了张小纸条，说我中奖了，于是我给上面的免费电话打电话，并给了他们地址，结果今天一早就收到了一整箱咖啡，跟送早报的时间一样。这罐咖啡送给毛先生，我的心意。"

我当即回答："祝你生日快乐！"

"教员"一词在日语里有时会被称为"教官"，多少带有严肃的意味，不过，也许是我自己不是从学院派上来的缘故，所以更喜欢轻松的过程。

有一名美国留学生跟我说，他学日语最难弄懂的是时间，比如听天气预报说"曇りところにより一時雨でしょう"（阴天可能会有阵雨），他觉得很奇怪，问我："日本的天气预报能精确到连几点下雨都知道吗？"一时，我竟不知如何回答才好，但想笑。①

───────────

① "一时雨"在日语里是"阵雨"的意思，而不是"一点钟有雨"。

还有一回应邀参加了一位日本毕业生的结婚典礼，在婚宴上才知道她是"职场结婚"，跟新郎是同一家公司的。她说："我们是朋友介绍认识的，后来相互有了好感，有一回他说他上中学时遭遇过车祸，骨折了，打石膏打了一个多月，我问他是什么季节，他说是上中学三年级时的秋天。我心里一惊，因为同样在那个秋天，我在路上遇到一位修女，她突然跟我说：'请你为未来的丈夫祈祷祝福吧！'原来不是别人，我觉得那时的修女说的就是他，他是神为我准备的。于是，我下决心要嫁给他！"

　　听完新娘的这段话，全场的来宾都站了起来，紧接下来的就是雷鸣般的掌声。也不知为什么，作为她的老师，我感到非常有喜感！

　　佐藤晴彦教授是我的忘年之交，我们一起出过书，也一起在北京、上海、京都、神户这些我们经常去的城市与毕业生聚会，举杯欢宴。在他的退休晚宴上，全场来了一百多名毕业生，气氛很暖。宴席上，学生们请执教三十一年的佐藤教授再现教大家汉语时的情景，结果全场爆发出琅琅读书声，实在令人难忘。

学生代表致辞："我有幸参加了先生的最后一堂课，他跟往常一样，一边领读，一边在6排学生之间来回走。先生执教31年，他在教室里走了多少路呢？一排10米，来回60米，一堂课90分钟，先生来回走10回，共600米，一周6堂课，走3.6公里，31年下来共走3000多公里。"

说到这时，全场欢声四起，学生代表继续说："3000多公里近乎日本列岛的长度，先生手拿教材，一步一步带着我们学习，激励我们进步！在此，我们衷心感谢先生的教导。"

实际上，就在佐藤教授退休的那年寒假，我返回了北京一段时间，乘坐地铁10号线的时候，被一名中学生让座，她说："大爷，您请坐！"这是我有生以来第一次被人让座，今后再有，保险是记不住的，但这回却不会忘记。当然，"不会忘记"绝对是有原因的，这就像有时记住了电脑里一个命名很怪的别人的文档，却突然忘记了昨晚自己吃的什么一样。人的记忆大都是突发的，而且不跟你商量！

至今为止，我在日本的大学任

教已超过十年，幸运的是，因为我的课而相互认识的男女学生，最终结婚的已经有了若干对，对此感觉自己有点像"月下老人"。不过，接到婚礼请帖时，却很难对上号，不知谁是谁。所以，在不知对方是谁的情况下，我一般都婉言谢绝。

我在大学只授大课，比如社会表象特论，每年有近四百名学生听课，漂亮的阶梯教室让我不可能记住每个学生的面孔。不过，也有一回例外，这是大约三年前的事情。大课结束后，一名大学四年级的日本男生跟我说："我跟她是在这门课上认识的，毕业后我们打算结婚，能给毛教授发婚礼请帖吗？"

听这话，虽然可以想象他与她也许没集中精力听我的

カオスな光景だ。

课，大部分时间跑不了谈情说爱什么的，但毕竟这是一件喜事，实在值得庆贺。于是，我记住了这名学生，到了婚礼的那一天，我出席了，而且还是正装。婚礼办得很隆重，也很感人。

2018年，我已经过了五十六岁生日，家里堆了这些天一直忘了打开的信件，其中有封信竟然是刚才说的那名日本学生发来的，打开一看，我一时无语了。他是这样写的："尊敬的毛教授，感谢您上回出席我的婚礼，但因为我与她在生活与事业上的意见分歧，已于今年年初正式离婚了。离婚是圆满的，对她、对我都不是太坏的事情。眼下，我已决定了再婚，我这回的夫人也曾是毛教授的学生，专此邀请您能出席我们的婚礼，俯首拜托。"

很多国内的朋友都跟我说"日本有时很动漫"，但具体指的是什么，我无从可知，不过，单从我与日本学生的交往来看，的确有点动漫，好玩儿。

再比如，我曾经在课上出了一个题目，叫"我看日本"，其中一名挪威留学生举手发言，他是用日语说的，意思是"有一回，我碰上了警察询问，也许是因为一手拿着冰激凌，一手骑自行车吧。他挥手叫我停车，我停了，

但他说了半天，我也没听懂，冰激凌却在手里一直融化，于是我问警察能不能等我吃完冰激凌再说。警察竟然答应了"。

不过，留学生眼中的日本也许只能适用于留学生，跟日本学生的描述不一样。同样的"我看日本"，有个日本女生说的是她带男友见家长的事。起先，她的母亲很客气，端茶倒水，很热情，可当她的父亲直接问女生男友时，全场人几乎被震惊了，因为她父亲的第一句话是："先让我看下你的脸书，其余再说。"

这样的情景也许不能算什么动漫，反倒是一副日本家长的铁板面孔。我讲课喜欢用自己的手绘教材，说白了，就是涂鸦的一种。这是因为过去经商，做过远洋渔业方面的生意，一边想一边涂鸦，想着想着就想到了鱼，同时也想到了深海。其实，我觉得日本不少社会现象跟深海理论有关系，海面与海底跟陆地的表层与里层一样，不同文化相互融汇的时候，必定经过表里演变之后才能显其内涵，所有的标准也许是时间。这个情况不仅适用于社会，同时也适用于每个单体的家庭，很多地方与海松色类似。所谓"海松色"（日语写作"オリーブ・グリーン色"），是指海带在从绿变黑的过程中的一个时间段所呈现的颜色，原本是清纯的绿，经过大海长时间的浸泡，最终变得与礁石一般粗重。日本女生跟我说："要是没有脸书就好了，我爸也用不着费心了。我真的想嫁给我现在的男友，不想让家长多嘴。"

同样还是这名日本女生，她提交给我的毕业论文题目是《海松色与日本人的情感心理》，写得究竟如何，待我抽空细读。

居酒屋的故事

这是我三十多年前刚到日本留学时经历的事。当时我去的是三重大学，离名古屋不算远。日本同学跟我说："名古屋是大都市，如果要打工的话，不仅工种多，工钱也高。"后来，经同学介绍，我去了一家居酒屋。

居酒屋的主人是一个中年男子。他的话很多，可惜，我的日语不够好，很多话只能靠猜，完全达不到心领神会的程度。居酒屋不大，一般都是从晚上八点左右开始热闹，直至人声鼎沸。不过，在这家居酒屋里，一个日本大叔一直坐在单人台座区最里面。他是常客，除周六、周日外，几乎每天晚上都来，但他每回来都不怎么说话。我因为日语说得不太好，所以下意识地喜欢往不爱说话的日本人身边凑。偶尔同他说几句话，他也应答，接着就是长时间的沉默。尽管如此，我们之间还是逐渐形成了一种奇妙的默契。有一回，他告诉我海鳗和河鳗的区别，说起来头头是道，表情也很夸张，居然把我因日语不好而产生的焦虑彻底打消。自从有了这位老主顾，我对日语的感知能力突飞猛进，有时甚至不听他的讲解，也能知道大概意思。

我在居酒屋打工期间，几乎每晚都能遇到这位日本大叔。这样的日子大约过了一年，也不知从哪天起，日本大叔不再来了。我向店主打听他的情况，店主说自己也不知道，也觉得很奇怪。后来，我正式受雇于日本的渔业公

司，就辞了居酒屋的工作。店主说，像我这样的人应该到社会的海洋里去扑腾。听他如此感言，我又想起那位常来居酒屋的日本大叔。我给店主留下电话号码，对他说："如果大叔有消息，请务必告诉我。"

半年后，突然有一天，店主打电话给我，说："这里有一位老妇人到居酒屋来找你，是大叔的姐姐。"听罢，我马上约好时间，专门去了趟居酒屋。大叔的姐姐一见我就问："你是毛君吗？"我回答："没错，我姓毛。"她略微打量了我一下，说："我是他的大姐。他半年多前突然病倒住进了医院，被诊断为癌症晚期，没过两星期就去世了。家人都觉得太突然了，但也无可奈何。后来，我开始整理他的遗物，发现有一本日记，他去世前写了很多跟毛君有关的事。"

"他写了什么？"我问。

大叔的姐姐说："他说，自从居酒屋来了这位中国人，他开始觉得终于有人听他说话了。从来没有人像毛君这样认真地听他说话，毫不厌烦。毛君在居酒屋一直很忙，但只要一有时间，就会站在台子里面，跟坐在台座上的他聊天，让他觉得非常充实。他说，应该好好谢谢毛君，让他在居酒屋度过了很舒心的时光，乃至忘了世间的烦恼。"她停顿了一下，说，"谢谢毛君，能让我弟弟在最后的那些日子里这么满足。"说完，她的眼圈红了。

夜幕降临，居酒屋已经点起了灯。

描写日本人时的一种思考

2020.7.25

我在日本住了三十年，前十年的留学半途而废，到日本不到两年就直接去鱼市场做工了。一路下来，发展到了远洋渔业的国际贸易，去过很多国家。接下来的十年大转舵，辞了工作，花了近一年时间走遍日本各地，包括四十七个都道府县，随处采风，用日语写书，属于纪行文学一类。再后来的十年，应邀到大学任教，一直持续到今天。

上述的三段经历有一个共同点，就是每天与日本人交往。有时我觉得自己是一座汉语的孤岛，从日语的海洋中浮现出来，但也许是因为孤岛很小，随时都有被大海吞没的危险。于是，每隔一段时间，就会让汉语回炉，除了写，就是猛读，让母语更坚实一些。

旅日三十年，与平成年同步，说起来也算巧合，但实际上的关联并不大，因为我的日常生活跟周围的日本人一样，很平淡，其中没有什么大波澜。如果有的话，无非是因为自己的文化背景有两个，作为越境的"知"而言，也许比我认识的日本人略微复杂一些。我一直想写一本书，撰写我所认识的日本人，写出一百位应该不成问题，他们的音容笑貌以及各种细节都能跃然纸上，就像看一场皮影戏一样。今天的这两位暂时算个开场吧。

一

村田先生是我所供职的会社的次长，在许多场合都避讳说自己的太太，这不仅对我，哪怕对与他从小一起长大的朋友都闭口不说。跟他接触的时间长了，总觉得有些别扭。据他的一位公司同事介绍说，科室的人一旦遇见什么好事，比如签订一份大合同，或者年末的奖金发到手，大家总会外出举办小型宴会，席间，大部分人都喜欢唠叨一些琐碎的事情，这类琐碎不外乎是家庭的开销啦，孩子的教育啦，再有就是日本人最热门的话题，买了一栋房子还要申请多少年的贷款。

日本的职员能够唠叨上述事情的场合只能是在下班以后的酒席上。说是酒席，但并非那种豪华的大餐宴席，而是像一群灰溜溜的耗子钻到了一个自由的空间，吃喝的场所虽然简陋，但他们的眼神却放出一天之中最亮的光。

"我说，村田次长，你每天带的那盒饭也不让我们瞧瞧，老是自己一个人独吃，那里边有金子还是有银子？干吗老偷偷摸摸的，像一个贼？"

说这话的人是喝多了的年轻职员，村田先生的部下，大概凭着这股酒劲才敢对自己的上司发问。对此，村田先生的表现却异常温顺，几乎看不出他在工作中是一个蛮横

毛丹青 画

的人。他细声细语地解释说:"我的盒饭是我太太做的,她每天都为我做。"

在酒席上,村田先生肯定是最不起眼的一位。据我观察,他这副近似于卑微的样子只有喝酒的时候才能表现出来。不过,有的人相反,平时温顺,可一喝酒居然能豹变,搞不好还能破口大骂。许多人不讨厌村田先生的一个重要理由就是他的酒性好。

我跟村田先生不是同科室的同事,可不知为什么,有好几次,他都拉我一起参加这样的聚会,而且,一开场,他的话保准是这样的:"诸位,今天我们请来了客人,大家随便吃,随便喝,随便聊,可就是不准谈工作!"于是,参加者一齐欢呼,还有的日本女职员没等酒端上来就连声尖叫:"村田先生真可爱啊!"

我跟大家一起喝,有酒有鱼有肉有菜,每根筷子似乎都踩着节奏纷纷上桌,其速度之快犹如从弓射出的箭一

样。我喝饱了肚子，忽然想到，每次村田先生让我来的目的莫非是封住部下的嘴？难道我是他的挡箭牌吗？我这么想，当然不好当面问他，其实，一直到今天，我也从来没有问过他。有酒喝有饭吃就行了，顾那么多事，干啥？！

日子长了，我有好几次听他的部下夸奖他，说他是个响当当的男子汉，对工作严格要求，同时又爱自己的妻子，照顾部下，有时像大人，有时又像小孩。不过，也有一个传言似乎非常神秘，他的部下说村田先生根本就没有太太，道理很简单，因为没有人去过他家，也没有人见过他的生活里有女人的影子，当然，他说的那个盒饭是不在传言之中的。

这么一说，我也开始纳闷。多少年来，他常到我家串门，可我没有一次被邀请到他家里去，因此，我也没有见过他的太太。我越想越觉得这事神秘，甚至很蹊跷。如果他叫我当他的客人的话，我应该想个什么借口干脆拒绝他算了。

因为，村田先生跟我是邻居。

二

乌鸦喜欢东京，凡是这个城市的居民都不会把这一说法当成奇谈怪论，尤其是那些常年居住的东京居民，有不少都是深受其害的人。据说，乌鸦对人发动袭击一大半是出于怨恨，如果它们会说话，想必是要对人倾诉的。

乌鸦的窝是搭在树上的，它们尤其钟爱楠树，许多乌鸦都把它们的窝高高地搭在树枝上，阵风吹来的时候，那圆滚滚的窝摇摆不定，就像日本小孩在鲤鱼节里放飞的风筝一样。树枝粗，乌鸦窝还算稳当；要是树枝细，那窝就会剧烈地摇动。说来也怪，乌鸦的窝应该全靠树枝搭，可你仔细看吧，东京的乌鸦窝好多都是用叼来的衣架搭起来的。

起先，我只是听别人那么说，自己也不常住东京，自然没多想。幸好，有一年为一家杂志写日文专稿，被人家请到东京的山上宾馆小住，这下对东京的乌鸦才算有所领悟。

山上宾馆离神田很近，这条出名的旧书店街经常聚集着一批老式的日本读书人，我刚到的那天就看见了一位老者，满头白发，黑框子的大眼镜恨不得遮住半个脸，腰是弯的，那弯曲的程度让人觉得他好像总是在地上寻找丢失的东西一样。当然，在老者的上空，不时会出现一群群的乌鸦升空，直飞，盘旋，还有滑翔。

宾馆的门外是一个斜坡，斜坡的另一边是明治大学的教学楼。观察周围的环境，我怎么想也想不到乌鸦与东京的必然关系，倒是杂志社的日本编辑，他似乎十分熟悉，而且用猜谜的语气跟我说："多注意行人呀，保准你能看出个所以然。"

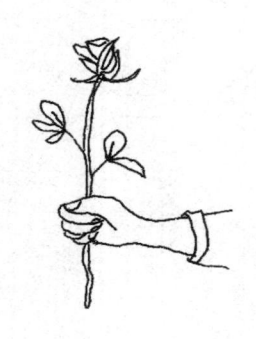

于是，那些天，写一会儿稿子，我就推开窗户往外张望一阵子。不多时，我又看见那个弯腰的老者了，他还是那个模样，步幅没变，爬坡的姿势也没变，包括出现于上空的乌鸦都没变。不过，沿着宾馆外的那个斜坡往前看，好像有一大群人正在集合，他们的装束十分奇妙，全身上下都是黑色的，黑得油亮油亮的，衣服、裤子和带檐儿的帽子都是笔挺笔挺的，就像谁为他们刷上了透明的糨糊一样，简直是用硬纸糊出来的人。

我虽然看不见这群人的表情，但那震耳欲聋的喊声却突然爆发了。"明治大学必胜，誓死必胜！必胜必胜必胜！"

原来，这群人是明治大学的应援队，每个人都做着如风如雨一样的夸张动作，类似跳跃、举手、抬腿、甩头。所有动作都在领班的男生后面整齐地进行，而在这个男生的面前站立的是应援队的大队长，他一身黑色服装也不例外。大队长不断发号施令，领班频频点头，并高声答应："嗨！"

他们的声音异常洪亮，两个人的应答步步紧跟，发出的音响都属于一个高音频区，尤其是领班头上的帽子，那往外伸出的硬硬的帽檐儿就像从天而降的乌鸦的嘴巴。这

群日本小伙子不跟乌鸦一模一样吗？东京的乌鸦多，莫非是乌鸦青年多的缘故？

听了我这番描述，杂志社的日本编辑捧腹大笑，而且笑了好一阵子，然后他说："乌鸦多，是因为东京垃圾多，还有，楠树的高度跟普通的公寓楼差不多，乌鸦老看见那些晒完衣服以后留在阳台上的衣架，尤其是那些用铁丝做的五颜六色的细细的衣架，就成了它们搭窝的好材料。乌鸦不用费劲，只要横着一飞，一下子就叼着了，死死地咬在嘴里不松口。这也是因为日本的主妇太懒，你说晒完了衣服，把空衣架收回家多好，可她们偏不干。"

"你说，那乌鸦干吗老追老人呢？"我想起这两天见到的那位老者，继续问编辑。他马上回答道："乌鸦也冤，现在东京都厅派了好多人上街抓乌鸦，他们用长杆子、大网兜子到处捕捉，号称让全东京人都吃乌鸦肉。那乌鸦还不急？可它们鬼，知道年轻人惹不起，所以专找腿脚不利索的老人。"

听了编辑的话，我干脆说："要是这个样子，那我又能回到刚

才的解释了。天上有乌鸦，地上有乌鸦青年，这东京也太荒诞啦！"

我的话才说了一半，这位编辑就插了一句响亮的话："这太妖艳啊！"这天，我记得大家笑了很长时间，而且，日本编辑说他的下巴都笑痛了。他叫池田显雄，曾经是明治大学应援队的大队长。

结语

如果用日语撰写上述的内容，应该最先考虑的也许是动词的用法，因为日语跟孤立语的中文不同，属于黏着语，但凡一个动词都会有词缀的延伸，这与中文的动词与补语永远处于分离状态不是一个概念。于是，我发现描写日本人的时候，关注对方的动作，就能出彩，甚至还能生辉。今后，再写这类题材的时候，我还会关注日本人的动作，并把动作还原为动作，不做夸张与阐释，犹如静水流深一样。

一位中国渔民在日本的传奇故事

2020.12.31

我在日本做过鱼的生意,而且也出过海打过鱼,结识了一批渔民,他们有浙江舟山的,也有大连长海县的,人都豪爽奔放,灵性过人,有时让我觉得异常神秘!

今天我想介绍的这位渔民也许是一个典型,因为刚才收到他的一封来信,时隔了好多年,我们没再见面,他说两个月前突然在NHK电视台节目上看到了我,于是打听了一圈儿人,才从一个熟人那儿弄到了我的地址。其实,我想说,找我还不容易?看一下微博,发个私信,当场就能找着我了,一点儿也不难。可后来一想,他好像是不懂电脑的。

他原来是一个孤儿,被人从镇江带到了舟山,长大了以后就当了渔民。他的脚很大,脚指头也是分开的,有点像夏天打开的小扇子。头一次跟他一起出海捕捞金枪鱼也算我幸运。因为一开始我不适应,晕船晕得很厉害,他当即解开了我的上衣,让我朝天躺下,拿出一块鲜梅子塞进了我的肚脐眼儿。塞进去以前,因为鲜梅子的大小不同,他选了好一阵子,最后他塞的那块是正好嵌入的,严丝合缝。然后,他用几条不干胶把我的肚子绑起来。这么一来,我果然不再晕船了,而且觉得异常爽快!他跟我说:"阿毛呀,你一辈子也不会晕船了!"

船长是日本人,一位北海道的老汉。有次出海,在船上吃生鱼片,鱼刺儿被他一不小心吃了进去,正好扎到了喉咙眼儿上。他脸色发白,呼吸急促,没过一会儿,嘴巴里已经吐出了白沫。这时,这位中国渔民迅速拿出一个茶碗,往里冲上了茶,然后把木筷子啪唧一声给撅折了,弄成四根木条儿,搭在茶碗上,就像摆上了一个庄严的十字架一样。然后中国渔民让船长自己

用手拿住茶碗,因为要拿住四根木条儿,所以船长的双手很自然地就打开了,当他往喉咙里一点点儿地喝的时候,中国渔民在边上高声喊:"通!通!通!……叫你通!"

就这样,没过一会儿,船长居然缓过来了,脸色也变好了,船长十分感激他。后来,我听说,只要有这位中国渔民在,他们就能捕捞到许多许多的鱼,但一旦他不在,

整个渔船就跟白出海了一样，捞上来的都是海藻，不值什么钱。

再后来，船长请他在北海道的小渔村定居，让他住到了一所神社里，而这所神社也因为他的到来变成了渔民专门祈愿丰收之处。无论外界景气好坏与否，凡是到过他住的神社祈愿的渔民，准保他们一出海就能捞到许多许多的鱼。

据说，他现在的妻子是日本人，一个来自东京大户人家的美女！

一个人的车行

算起来,有二十多年了,为了车的定期保养和车检,我常去一家只有一个人的车行——老板不愿意人家说他有公司什么的,而更愿意称这里是车间。老板姓岩前,岁数比我小,所以他让我叫他岩前君。

有一天晚上,也不知为何,我停车后总也拔不出钥匙。一般来说,开车踩住制动踏板,一打就着,但熄火后钥匙拔不出来,只能维持现状,用备用钥匙把车锁住。我打电话给岩前君,他说:"钥匙拔不出来会耗电,但过一夜也没关系,明天一大早把车开来吧。"我说:"明天是敬老日,全日本公休,行吗?"

岩前君回答："没问题。车行是我一个人的车行，毛先生又是老客户，与公休日无关，这是我应该做的。"第二天，路况好，天不晒，一路飙车到车行。岩前君已在车行等候，并准备好了替换零件，他告诉我，昨晚接我电话时就知道毛病出在哪里了。果然如他所料，智能点火键后面的触媒板有一块塑料老化了，换下来就没问题了。岩前君最后说："按理说，这个触媒板使用不超过十年就会坏的，但毛先生用车仔细，能维持十多年，挺少见的。"

岩前君比我小十多岁，从小对跑车痴迷，从零件配置到组装发动机，专门到技校学过，尤其喜欢保时捷。后

来，别的车他一概不修，一个人建了一个车间，至今已有二十多年。我是他最早的客户之一，和他很熟。他有一回对我说："这车让我一路看着毛先生，弃商从文，一路跑下来，真好！"岩前君的话让我心暖，一个男人做一件事真好。

有关一个人的车行，我每隔两年就会写写，因为每两年进行车检是日本交通法规定的。过去我开车开得疯，全日本四十七个都道府县都跑遍了，但后来到大学任教，开车大多是在市内，从家到校园，这两年也就跑了三千公里左右，已经无气力了。岩前君跟我说："有位绅士开车是按照计划开的，等他到六十岁那年，正好每两年少开一千公里的计划达成了，从

最开始两年开一万公里，一直到最后两年开五千公里。"

我好奇，于是问他："这位绅士为什么要制订这样的计划呢？"岩前君答道："车与人一样，也有生命的消磨，岁数越大的车，越要照顾它，减少跑路是为了让它拥有一个祥和的晚年。"

岩前君还跟我说过这样一件事。有位女客人，好像大学刚毕业，有一天开了一辆旧款的保时捷，说这是她父亲在她出生那年买的。她问车行能否把旧的皮车座换成新的，而且还希望把车牌号换一下。为此，她带来了父亲这辆车的车检证以及其他办车牌的手续资料。岩前君一看就知道她事先查询过，资料准备得齐全。岩前君答应了她，几天后换好了皮车座和车牌号。然后，女客人带着她的父亲一起来到车行，一边指着车牌号，一边说："爸爸，thank you（谢谢你）！"听罢，她的父亲眼眶湿了，一直看着车牌号。新的车牌号是88-39。

我从岩前君创业起，就在他一个人的车行做车的保养和车检，也向他请教了很多有关车的知识。他说："我一辈子只想一个人干，不要雇员，因为每辆车都是我的宝

贝，能做它们的维护与修理工作是我最大的快乐，它们是我的家人。"

岩前君，一位很棒的匠人。

つづく

(未完待续)

独特の
冷たさ感

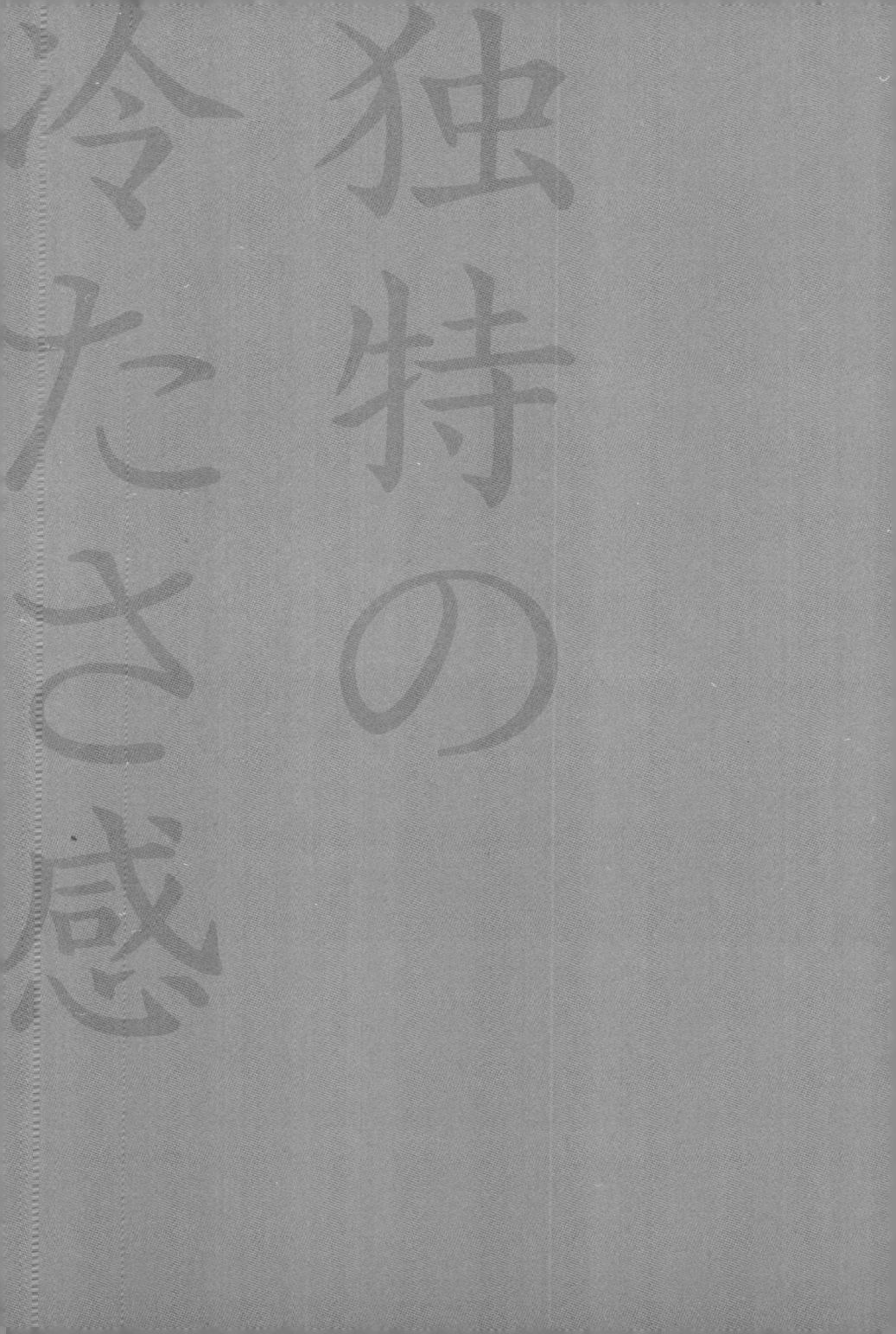

第二辑

独有的「冷感」

从诞生就看到毁灭,这是"距离",更是"知生知死""负面思维"。

祇园祭是男女相爱的最好季节

2017.7.25

连续很多年了，几乎每年到了七月十七日这一天，我都会到京都观看祇园祭，因为这一天是最高峰，花车列队，人群鼎沸，万众欢呼的场面让炎热升发，能体验到一种受压抑，同时又要被释放的混搭情感，这一活生生的感觉只有在现场才可体验到。所以，我跟国内赴日过暑假的好友一律推荐京都的祇园祭，没有第二个推荐。

"祭"的大致意思相当于中文的"节日"，表示那些人头攒聚，万众如潮时的情景。说来也怪，我住在神户，离京都不远，行车只要一个多小时，可每次去京都，都觉得是一次旅行，因为每次行程都有不同的感受。如果是雨天，京都的雨一定会比神户大；如果是打雷，京都的雷声也一定会比神户响，可能是京都不靠海，三面环山，林木森森，使这座古都显得分外古色古香，安谧平和。但每到祇园祭却是另一番景象，密密实实、热气腾腾的民众，山呼海啸般地呼喊，花车压路时的吱吱咯咯，更有那高亢激越的鼓乐笛鸣冲霄而出，仿佛天宇都被震高了一截。

祇园祭高峰的前一天晚上叫"宵山"夜，届时会有百万人拥上街头，观赏挂在花车上的灯盏，倾听刺耳的鼓乐。一个个灯盏好像凝固在盛夏的夜空，清晰可辨；那一片片夜色，浓浓浅浅的黑色色调，层次分明，有时是花车棚顶下的垂帘，有时是沿路老宅院的灰瓦，有时是那无边无际的星空。

说起来也怪，我每回加入"宵山"夜的行列中，都能获得深浅不一的黑色印象，尤其是在喧嚣的深夜，更是如

此，那种兴奋，同时又令人无法倾泻出来的压抑，令人沉思。

  祇园祭起源于后平安时代，公元八六九年，为了防止瘟疫的扩散，京都成立了"御灵会"，每年夏天把六十六辆花车拉到八坂神社，祈求安泰。据说，当时的众人多穿黑衣，黑色在这里是驱邪避疫、求生的意思！

  我对日式黑色的理解还来源于另外一个场景，说理解，其实也许有些学究气。起先对黑色的观感像在国内一样，认为这是一种单调、沉闷的色调，任何绚丽的色彩，碰上它都会被吞没，变成黑压压的一片，似乎没有什么亮点可深究。

  在日本生活三十年，我才发现黑色在日本人心目中的内涵竟是那么深刻，有时就跟黑色本身一样，显得十分厚重浓烈。日本男人的婚丧礼服都是黑色的，吉服和丧服用的是同一色彩,这在中国是不可思议的,在日本却成为人人信守的不成文的规章。

京都靠东山有个丁字路口,三个方向分别通向幼儿园、寺院和火葬场,幼儿、新生儿和亡者竟然在一个路口分岔。我当时很惊奇,曾经问过当地的僧侣:"这完全是不一样的概念嘛,怎么能把大家凑到一个路口上呢?"

的确,从旅馆眺望,火葬场的建筑是黑色的,间或有几束祭奠的菊花在风中摇晃,孤身独影,留下一点儿闪亮。僧侣回答说:"日本人的生死界限不是那么严格,许多寺院都兼营幼儿园,离幼儿园不远又有墓地,孩子们也经常会在墓地中捉迷藏。"

我不再说话了,目不转睛地注视丁字路口,若有所思,不多时,僧侣像在自言自语:"寺院是黑色的,但它跟火葬场的黑不一样。"我急忙问僧侣:"那路口边上的幼儿园呢?"他毫不犹豫地答道:"幼儿园不是黑色的,可被那寺院和火葬场压得够呛,生和死都离不开黑色。"

最后顺便说下,前两天与一位身穿黑西服的日本教授巧遇,说起这些天京都的祇园祭,他告诉我现下是男女相爱的最好季节,我问"从何说起",他答:"这时的京都哪儿哪儿都是人,餐厅也挤得满满的。有一回,我跟三个谁都不认识谁的人排队用餐,结果被安排到一个桌子,因为是日餐,桌子最里头放的是酱油、辣椒面之类的。我看见一位漂亮姑娘坐到了最里头,于是我点了生鱼片套餐,目的就是生鱼片端上来时,我用酱油跟她搭讪,让她帮个忙。结果她挺热情,帮我把酱油拿了过来,还说酱油瓶的嘴儿有个破口,倒时要小心。我说:'这么细心呀!'她答:'是的。'她就是我的太太,一辈子都很细心。"

冷感从何而来

2017.12.26

我认识一位日本职员，但没有什么深交，他就职于一家跨国企业。当得知老爸去世的消息后，他立即从东京赶到乡下老家，出席了葬礼；当所有的仪式结束后，他叫了一家快递公司，跟他们说："我太忙，要从这儿直接飞纽约，请把我老爸的骨灰快递到我东京的家。"听罢，周围很多人都无语了，而且表情显得异常冷峻。

日本社会有"幽灵老人"一说，意思是有些上百岁的老人实际上早已死亡，但仍然和家族成员一起居住。最瘆人的是一位一百一十三岁的长者死后三十年居然还与其家族成员同居，尸体早已变成了一堆白骨，但他的儿女却说

这是"成佛"了。按照日本人的习俗，夏天讲鬼故事是一个套路，尤其是大人讲给孩子听，据说是为了乘凉，因为鬼故事能让人听后一下子凉快下来。不过，即便有这样的习俗，也没有谁会想到日本的现实社会能变假为真，人与鬼不分。

不过，话尽管这么说，但日本老人也有幸福的时刻，因为每天一大早，这些老人并不像中国老人一样打打太极拳或者到公园吊吊嗓子，他们喜欢听别人讲话，渴望从僧侣那里得到生活的智慧。尤其在乡村，日本人往往把寺院看成当地的门帘儿，如果没有寺院，会觉得别扭。寺院代表了生，同时也代表了死，完全是终极的两端。寺院既有幼儿园，也有墓地，而且两者几乎没什么距离，看到幼儿园就等于看到了墓地。

如果你是一位从中国来的游客，日本最大的看点也许是各种各样的节日，稀奇古怪，几乎囊括了一般人的想象。比如，所谓"神童"就是夏天打造出来的传说。因为在日本人看来，

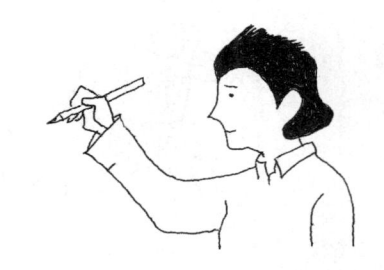

真神是人的肉眼看不见的存在，所以只能显示为接近真神的孩子，日语也叫CHIGO，写成汉字是"稚儿"。

再比如，日本夏天的节日叫"祭"，起源于古代的瘟疫灾害，当时的民众谁都怕病死，于是每到夏天，各路人马聚集，列队行进，高呼的口号都是期望把瘟疫吓跑的内容。据说，京都的祇园祭延续了一千一百年，一百多年前，京都市的主要干道上还有电车路轨，夏天时，数十万民众无法推着巨大的花车通过，经过与市政的交涉，最后形成了民众在节日期间把路轨全拆，节日结束后再把路轨修复的做法。不过，事情到了后来，京都市政府干脆把路轨挪了地方，同时也把市中心马路上的电线全部埋入了地下，以此保证夏天祇园祭的顺利进行！

日本作家中，无论是眼下作品畅销的村上春树，还是作品经典的川端康成，甚至包括大江健三郎，他们的小

说中时常会出现病人，而且都跟"祭"有关系。这些祭看上去并不悲惨，但实际上都无法掩饰身心的苦恼与烦闷。记得很多年前，王朔给一位日本女作家写序，他说："老实说，我不是太爱读日本小说，里边有种语气总像在一唱三叹，看多了非要大声叹口气，自个儿给自个儿立正鞠个躬才稳得住神，做回中国人。"

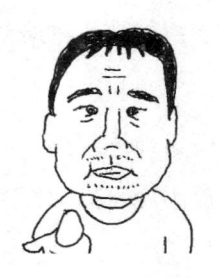

王朔毕竟是"朔爷"，这个感觉写得十分到位。顺便说下，他写的序言的标题是《日本病人》！日本文学如此柔弱，甚至被人戏称为"病症状"，也许跟"地场"有关。据说公元八六三年，当时的日本朝廷首次举办"御灵会"，根据京都的地方志记载，满台狂飙歌舞，火光冲天，众人

齐声高喊杀死恶灵的咒语。

　　看起来，日本人的盛大仪式一方面很辉煌，但另一方面，却体现出内心的恐慌无处不在。这一细腻的感受恰恰被小说家们演绎了出来，一直到今天，日本文学还有类似的"冷"感觉，经久不衰。

生前葬何以流行

我家附近原来有一家照相馆，专门给小孩拍照，但没过几年就关门了，当时甚觉日本少子化的影响之大，小孩少了，去照相馆拍照的自然也就少了。不过，大约没过几个月，一块醒目的大牌子在原处拔地而起，上面写的是"千风馆"，黑底白字，从老远就能看出这是一家殡仪馆，因为《千风之歌》是一首著名的歌曲，歌词作者不详，二〇〇一年，美国"9·11"恐怖袭击事件后，一名十一岁的少女为了表达对在此事件中遇难的父亲的深切怀念，在追悼会上朗读了这首歌的词，轰动全美。二〇〇六年，日本NHK电视台红白歌对战，男高音秋川雅史再唱这首歌，引

发众人瞩目。尤其是歌词的最后部分已经变成了经典金句："将来当你们唱起这首歌时，化作千风，我已化身为千缕劲风，翱翔在无限宽广的天空。"

原来的照相馆成为千风馆，一直到今天都没变，路过时，偶尔能看见出殡的车队，但很少看见家人大哭的场面，更多的情况是那种含泪忍痛的表情。

二〇一二年，我参加过一位日本故人的通夜①。故人百岁，大往生，被称为"明治老人"，因为"明治"年号的终止年是一九一二年，这么算下来，当时的明治老人必须是百岁寿星才行。其实，在我周围上百岁的日本老人并非一个，要不是二〇一二年赶巧与明治年号整齐挂钩的话，我也许不会那么在意。当然，在意的事情主要与彼岸相关，亲历了一场日本人对明治老人的终极关怀。那天是明治老人的儿子给我打的电话，简单地说了下情况："我父亲今天去世了，晚上正常时间睡觉，一觉睡下去，第二天

---

① 通夜：在日本特指灵前守夜。

就没起来,是无痛死亡。他生前希望毛先生参加他的葬礼,他让我转告给你。"

明治老人生前是开点心店的,浑身有一股十足的工匠气质。我曾经在拙著《狂走日本》里面详细地描写过他的表情,因为在一次品尝会上,主办人介绍他的业绩,说他为日本传统的点心工艺做出了突出的贡献。最令人吃惊的是,据说他每天晚上都要抱着面口袋睡觉,目的是让面团儿能感知体温,这样就能把面和到传神的地步!

有人说,生者对死者的记忆往往是走向现实的,哪怕生前的他多少有些荒诞,可等到他离开了我们的时候,你会发现他的日常是相当细致的,甚至也是十分精巧的。

时间很不凑巧,明治老人的葬礼跟我回国的时间冲突了,于是我打电话给他儿子,告诉他葬礼不能参加了,但通夜我一定去!一般来说,日本人死后至少要经过两个隆重的仪式,一个是通夜,另一个是葬礼。通夜要请亲戚好友一起为死者守尸。有的人到寺院的大殿去办,也有的人

只在家里装饰一些黑白色的布就给操办了，理由是让死者在最熟悉的地方度过最后一夜。

明治老人的通夜是在寺院举办的，当天深夜，我从神户赶到他所在的名古屋，就跟不久前找老人去荣町一带吃饭喝酒一样，没有特别意识到他已经变成了彼岸的人。据说，明治时代的男人比现在强壮得多。通夜是在一片肃静的气氛中开始的，起先没有听见一丝声响，哪怕是众人的呼吸声我也没听见。老人横躺在棺材里，从中泛出一股郁金香的味道，做点心店时的工作服白白的，领口一点儿褶子都没打。他的面孔从棺材上端的一个窗口里面露出来，脸显然涂上了厚厚的胭脂，红红的，但没有光泽，有些像寺院墙壁上的灰瓦浸透在阳光里的色彩一样。

老人是安详的，有时看上去甚至是快乐的，就像他的灵魂已经在跟我们一起痛饮一样，别的我无话可说。众人围绕在他的棺材周围，说笑的、聊天的，就连一个父亲一直在一旁为他的女儿复习功课的情景都跟死者的这道风景相互呼应，以至于叫我分辨不出死者与生者的界线。当晚的一个通宵，所有到场的人都没有因为见到死者而悲伤，他或者她都没有流泪。通夜仿佛是一座为死者与生者架起来的桥梁。我算准了时间，跟明治老人，还有到场的大家一起待了六个小时就告辞离开了。日文"六"的发音是"ROKU",按日本地方话的意思是"正儿八经"。我信这个说法,而且,老人生前动不动就喜欢用这个词儿。另外再补充一点,日本人把"死尸"称为"死体"。跟"死尸"一模一样的汉字组合似乎很难找到。

现在重新写到我家附近的千风馆,也许是受少子化的影响,这家殡仪馆的"生前葬"最近越来越吸引人,路过时最大的变化莫过于参加这一新葬礼的年轻人变多了。所谓生前葬,指的是感觉自己已经走到了生命尽头,不想死后麻烦别人办葬礼,而是在有限的时间内,自己完成人对人的终极关怀,生前葬有很多场合都是由夫妻两人同时举办的,届时召集众多的亲朋好友,犹如举办新婚宴席一样,是快乐的。当然,是否举办这样的新型葬礼完全是由当事人决定的,一个人能够把控自己的临终也是需要勇气的一件事。

日本著名女演员树木希林二〇一八年因患绝症去世,她在去世五十天前接受记者采访时说:"知道自己活不了多久时,我就开始清仓了,把不

要的东西都处理掉,不想给别人添麻烦。另外,作为一个马上要去彼岸的人,现在能说的就是,在遇到怎么也过不去的事情时,不要太用力,不要钻牛角尖,凡事退后一步看一下,让愉快多一些就好,事情总能过得去。"

目前,日本人的生前葬正在流行,树木希林的病逝也成为关注的热点。不过,话虽这么说,但我因爱猫阿熊过世的悲伤至今都没能消退。

因为猫与人不一样,它是无法自我把控生命的,也不会像人一样意识到临终时应让自己门前清。所以,也恰恰因为如此,我与妻子为爱猫阿熊举办葬礼时,真正感受到了一个光辉生命的终结。它留给我们的思念其实也是治愈我们的开始,由此可想,具体到我自己,将来是不是也举

办生前葬呢？

这个答案还是先不拿出来为好，过好每一天才是最重要的，日日是好日。

日本年轻人的『离现象』

还是老话，我写的事例都是在周围发生的，究竟有多少的普遍意义，很难拿出结论。其实，即便是社会学的学者，做出最烦琐的统计调查，也无法覆盖所有的个案。

所谓个案，就是每天与日本大学生接触，课上课下谈多了，不仅知道了遭遇就职冰河期的一代，同时也了解到了就职现状转暖的眼下的这一代。

有一名日本学生告诉我："上大学最郁闷的就是三年级的上半学期！"

我问他："为什么是三年级，而且还是上半学期呢？"

他的回答不打一个结巴，就像终于找到了一个非要倾

诉不可的听众一样。

他说:"日本大三的下半学期就要参加各式各样的就职活动,像企业说明会啦,就业说明会啦,反正你要是不参加的话,就会被别人甩掉。不过,正是因为大家三年级,所以有不少同学都想休学一年去海外留学,毕竟见的世面少,很想利用大学在校时间做些长见识的活动。"

听了他的话,我开始明白了为什么他说"大学最郁闷的就是三年级的上半学期"了。理由很简单,每个学生都面临两条路,要么你留学深造,要么随大溜,参加就职活动,抓紧时间到活动上推销自己。不过,对一个求知欲超强的学生来说,两者择一的做法未免太残酷了,因为一旦离开日本去留学,回来后的就职活动往往是无法得到保证的——谁叫你比别人推迟了一年的时间呢?

这些年来,日本各大学所面临的"就职现状"基本上

是一样的，包括东京大学和京都大学这样的公立名门，还有早稻田大学这样的私立大学，其毕业生都无法逃避就职的激烈竞争。难怪日本学生说："如果去留学，干脆下狠心，将来移居海外算了。"

前不久，有个日本毕业生找我商量能否介绍她到上海工作，究其原因，她直截了当地说："当年随大溜，急急忙忙找工作，稀里糊涂上了班，最近才发现这份工作我一开始就不怎么喜欢，只是生怕找不到工作，好不容易找到的一份工作舍不得放弃，所以一直应付到现在。我学了中文，喜欢上海，想学有所用，想到外面闯荡一下，这样的日子才会顺心！"不用说，日本不少学生都有上述的想法，只是看谁能迈出这一步了，因为这需要相当的勇气。

上述的这些日本学生是积极的，而且非常阳光。不过，以我常年执教的经验来看，与如此积极的生活态度相比，更多的日本学生四平八稳，与世无争，尤其是"离现象"越演越烈，乃至变

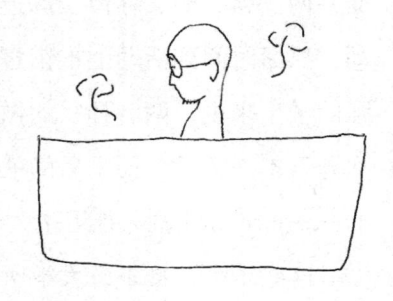

成了一个日本社会的问题。

　　所谓"离现象",指的是日本年轻人对某事某人失去兴趣的简称。比如:不喜欢开车,写成日语的字翻译过来就是"车离";不喜欢她,写成"彼女离";没有梦想,写成"梦离"。这一连串儿的"离现象"写下来,其实挺惊人的。据说,这么说的源头起始于一九七二年八月岩波书店发行的《图书》月刊,当时的语境是为了批评日本教科书减少了汉字的使用量,而被指责为"活字离"。

　　还是写我周围的小事。早上去大学总会遇见上学的日本小学生,见多了也逐渐知道了大人给他们制定的规矩。一般来说,过马路的小学生都是由大人保护的,这些大人要么把双臂伸开,让十字路口停下来的汽车耐心等待,要么手举小旗儿招呼小学生一个一个跟上。小学生们都戴小黄帽,以提醒周围,犹如一群排列整齐的小鸭子。其实,

这里说的大人，基本上都是老年人，而且老头儿居多，因为他们把护送小学生过马路当成了一种体育项目，动动筋骨，喊一喊，总比早上在家什么都不做好。单单从这一情景看，完全没有"离现象"，不仅如此，反而还给人一种超强的"抱团儿"的感觉。

与小学生的"不离"几乎同步，日本老人也有同样的倾向，即不愿离开工作的现场。这一点跟北京老人聚会遛鸟儿、吊嗓子、打太极拳和跳广场舞之类的场景截然不同。至少在北京，每年回去时，都觉得"朝气蓬勃"一词不是用来形容青年人的，它恰恰是反过来，专门为了颂扬早上的老人而存在的。

同样的情景再看看东京，酒店的清洁工，大部分是老年人，其中老太太居多，她们的脚步声虽然比较轻，但从近处走过时，你会发现她们的喘气声很重，尤其是在早上十分安静的时候，更为突出。再有一个就是出租车的司机也多是老人，他们一般都会集中到大车站，制服打扮，帽子与白手套相互辉映，精神饱满，等待乘客的到来。所以，与中国相比，东京的公园除了青年人练长跑、骑自行车以外，几乎看不到老年人。不用说，这批老年人大都分散到了各个十

字路口,为小学生安全地横过马路奔忙去了。日本小学周围的马路路面很多都涂上了绿色,看上去像绿柏油,同时还有白字"通学路"写在路面上,三个字写得非常大,意思是说:这是小学生上学的必经之路!

　　我执教的大学靠大海,风景极佳,从研究室不仅能看大海,而且天天过大船,汽笛声震耳欲聋,感觉上跟人在船上一样,有时很奇妙。不过,因为我的办公桌背对窗口,加之讲课也在研究室内,学生能看大海,而我看他们,除非他们让我看大海时我才看,要不然平日基本上都处于埋头工作的状态。

　　有一天还没上完课,日本学生突然对我大喊:"毛先生,快看窗外的晚霞呀,太棒了!"我原本想说"先把课上完"之类的话,但等我转身看海时,漫天的艳丽惊红顿时就把我吸引住了,于是我对学生伸出大拇指,夸他牛!同样还是这个学生,他是个典型的"车离"生,不喜欢汽车。不过当我问他"你有什么特长"时,他的回答让人意外。

他说："我能记住所有朋友开的车的车牌号。"

我继续问他为什么要记住别人的车牌号，他说："习惯了，小学时就记住了全班同学骑的自行车的车牌号。"看来，有些人也许有痴迷记忆的毛病。不过，一直到他告诉我之前，我并不知道日本的自行车也有车牌号。

还是这个日本学生，有一回他上课迟到了，看他拼命跑进教室气喘吁吁的样子，我问他："为什么迟到了？"他一边喘气一边回答："都是我冲刺冲得不够！"刚说罢，全班包括我在内，都笑了。

所以说，日本社会即使把"离现象"当作一个问题，但具体落实到每个个人的身上，必定是千姿百态的，这就像我的学生一样。

国内有部电视剧《蜗居》，挺好看的。同样的发音用"窝"字跟日本人说事也许会更生动。日本经济协力开发机构发布过一个统计数据，显示了赴海外的日本留学生的增减趋势。留学生人数最高峰是二〇〇四年，突破了八万人，而二〇一五年却不足六万人。难怪电通青年研究部的著书《若者離れ》指

出,这是"离现象"造成的"窝国"。当然,还有一条不能否认的是,日本学生在性格上越来越内向,这已经变成了阻碍留学愿望实现的壁垒。除此之外,收入不均、贫富差距拉开、社保对年轻人的负担加重等,也是重要原因。

从社会学的大视角观察,造成日本"离现象"的理由是存在的,其中也可以收集一些大数据方面的表达,但就我个人而言,更愿意看到活生生的个案,哪怕一个人与社会的走向不一致,就像刚才的日本学生那样,仍然有他阳光的一面。

最后,关于"离现象",说下我个人的见解。如果大数据认为日本学生越来越内向的话,那也许只有等到经济复苏时才能改变。用中文说是"蜗居",但用日文说,叫"宅男""宅女",听上去似乎没"蜗"或者"窝"那么刺耳。据说,日文里面没有汉字"蜗"与"窝"那种住在一地方不挪窝的概念，因为日本人的平均住房小，对所谓的"蜗"和"窝"早已习惯了。"窝居"也是造成"离现象"的原因之一。

太宰治，一个反向生活的人

2019.2.21

二〇一九年我暑假回国，应邀在北京的一家很漂亮的书店出席了一场有关太宰治《人间失格》新版译本的推介活动，同台的参加者有史航。

我自己用日语写作，更多地从语言内部来看问题，所以接到上海译文出版社的这份邀请的时候挺高兴的，因为太宰治文学在我旅居日本三十多年当中一直没有离开过。据说，一个人要从五十岁向一岁活的话，一半以上都会成为英雄，太宰治就是这样一个反向生活的人。新版《人间失格》中文版有一个年表也表达了我对这位日本作家的认知：太宰治跟我们是相反的，他是从毁灭走向诞生，而不是从诞生走向毁灭。

一个家庭对于一位成年作家的影响有非常广泛的意义，这就像我们阅读文学作品有两条道路：第一条道路是文本本身，第二条道路是要知道作者的经历。除此之外没有第三条道路。无疑，太宰治是在一个封闭的状态下，体验了别人没有体验过的事情。他的小说，我是从日语原本读的，太宰治有一个很独特的文体，来源于方言，他的青森县口音的强浊音化。比如说"你来吧！你来吧！"或者"你走吧！你走吧！"，这些发音的习惯性用法缘起于强浊音化。

这类表述类似于强迫症，直逼自己进入一条窄路的感觉。其实，夫妻吵架经常会发生这种事情，相互强迫自己，把自己捆入不可解脱的状态之中。

我是坚持用非母语写作，才慢慢悟出这个道理的。尤其是日语，在很多情况下，有的非常极端的内容往往是被语言本身给催化出来的。当我进入日语写作状态的时候，语言会强迫我，诱导我的思维。不仅如此，当日本人情绪激昂时，也容易产生波浪状，说话着急，喘气大于音律，听上去就显得局促不堪。

日语是种奇特的语言，因为日语里面没有多少辅音。音是从肚子里，或者胸腔中产生的，它的音是很平的。汉语基本

上都靠辅音，没有辅音的汉语是没有抑扬顿挫的，所以日语的语言直入，要求胸腔很发达。歌舞伎一开始训练的时候都是肢体训练。我认识一位歌舞伎演员，他在家里倒立，要把气给弄顺了，你读他的语言的时候，感觉到他有一种催促，我相信，他哪怕受到了欺凌，受到了他严格的父亲对他的不理睬，尽管心里的语言顶到嗓子眼儿，他也不敢说，除了情感方面之外，语言对他也产生了影响。这是歌舞伎演员自己承认的。

这里有一个插曲，我翻译过漫才师的现象级小说《火花》，当时是请史航找郭德纲写的序，这位漫才师叫又吉直树，芥川文学奖得主，自称与太宰治有不解的缘分。我二〇一七年跟他一起去上海参加《火花》中文版的推介活动，在一次公开的对谈中问他是什么机缘让他喜欢上了太宰治。他回答说太宰治在书里面写过一个细节，小的时候想叫爸爸，因为太宰治家里孩子多，爸爸不稀罕理孩子，好不容易理孩子了，但理的却是他哥哥。又吉直树读到这个情景的时候想到了自己。

因为他父亲是冲绳人，喜欢喝酒跳舞。在一个大家庭

与邻居们一起的派对上,又吉直树看到父亲在那儿搞怪跳舞特别不舒服,他就躲到一旁不声不响。这时,父亲突然对他说:"你也上来跳!"又吉直树特别不愿意,因为他很内向,本来就不是这号人,但他又不敢违逆父亲,只好上去跳。跳着跳着,自己就飙起来了,而且跳得比他父亲好得多,博得了众人的喝彩。上厕所的时候,他父亲对他说了一句话:"你别蹬鼻子上脸。"当时,又吉直树就崩溃了:你让我跳舞,结果跳得比你好,你却骂我。这个时候,他回去又读了一遍《人间失格》,似乎察觉到了某种心灵互通的印证。

小说《人间失格》是当代日本文学的一朵奇葩,而所谓的奇葩,大致的定义应该分成两类,一类叫"人工",一类叫"野生"。人工就是体制,有政治,有经济;相比之下,野生只要给它水,给它阳光就可以活下来。从这两个环节看一个文学状态的时候,太宰治的文学是野生的。他尊重自己所需要的阳光和水,他并不需要任何对他的指派,甚至包括毁灭在内,也是他自己的冲动与执着。

从语言内部说,太宰治极致性的写作在日语文学中很少见。日本文学有一个最大的特点就是没有主语,但太宰治的作品有的时候不仅仅是我,而且会出来好几个我,这是很不一样的。作家村上春树是反非主语的,他的主语很多,当然这也是因为他最早是从英语翻译出道的,所以他的主谓宾在脑子里是固定的。

目前中国有几十种版本的《人间失格》,这是一件好事,尤其对公版书而言,每一部作品的翻译都是一种彻头彻尾的再生。

日本也有同样的例子。最近日本上映了电影《人间失格》,导演叫蜷川实花,她的父亲是专门做舞台制作和导演的。大约是二〇一九年,中国的出版商约我翻译蜷川实花的写真集《美丽的日子》,这本写真集一反她往日的风格,她原本的风格就像电影《人间失格》一样,大红大绿,其中有很多画面犹如进入了色彩幻觉的状态之中。而与此相比,写真集《美丽的日子》的文本却是为了纪念她父亲而写的,图片色彩非常浅淡,就像不是她拍的一样。里面有一句话,大意是她父亲去世的时候,她在远处片场拍片子。拍完片子要坐出租车,突然接到医院的电话,医生告诉她父亲已经去世了。这个时候,出租车的门是自动打开的,她往天上看了一眼,写下了这

样一句话：父亲去世的那一时刻，天空犹如想把我杀死一样的美丽。这句话很难翻译，出版商找我的时候，说封面上不能出现这种东西，太残酷了。如泣如诉，是日语表现语的套路，这个套路经常出现。我这时开始明白，为什么在所有的照片里她会选出这么一批跟她风格完全不同的照片，也明白了她为什么要拍太宰治的《人间失格》。实际上，《人间失格》在日本也有好几个版本的电影与电视剧，其人气从未减弱。

一个人对艺术品或者作品的第一感应往上冲的时候，很可能来源于自己的一个记忆，这就是同化的瞬间。一个艺术家和他的记忆之间有无形的桥梁，可以让他任意进去，任意退出。少年时间转换成中年的记忆，中年记忆变成老年记忆，无非就是这样来来回回。《美丽的日子》文本很短，一千七八百字，而对父亲的挚情，不动不闹，很平静。

从推荐的角度上，太宰治有一些短文倒是很有意思。其实，这就跟看村上春树一样，太宰治写的随笔有时比小说还有意思，因为它很真实，离现实越近的作家随笔会写得越好，离现实越远的作家小说写得越不好。

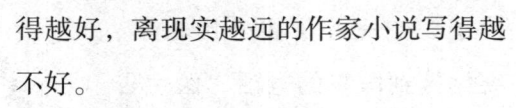

我几年前得过一场大病，中国学生和日本学生来看我。中国学生来看我的时候是这样跟我说的："我今天打工都

没有去，我拿了好东西，特别棒，很难买到。"他走了以后，日本学生来看我，见面就说："我今天正好打工路过您这儿，随便买了一个东西，没有什么用。"

　　这就是思维的正面和负面，日本人的文化底流和太宰治的所想所思是吻合的。在日本，哪怕是大地震发生了，你也不会发现什么人惊慌，因为人死了就死了，大家认命。如果日本文化没有大的文化底层，太宰治的小说就不会这么火。日本文学在世界上被认为非常另类的最重要的原因，是有大的文化格局在底层顽强支撑，誓死捍卫，从未出现过断层。这是非常重要的。

在日本，人有多"活"

2019.11.30

日语这些年流行一些颇有创意的说法，一个叫"婚活"，一个叫"恋活"，还有一个叫"终活"。如果我们单纯从汉字的字面意思直接理解的话，第一个是"相亲活动"，第二个是"恋爱活动"，最后一个是"临终活动"。所谓"活动"，相当于中文的"搞"，无非是说热衷于此的程度。其实，更有意思的是最近才开始流行的又一个说法，名叫"产活"，意思是"生子活动"。于是，在日本，"人有多活"已成定论，这也可以被称为"属于人的多种活法"，展示了生活的多面性。

日本进入二十一世纪以来，年轻人的价值取向发生了很大变化,这一方面跟经济长期不景气有关系,另一方面也是由于成熟而发达的社会导致了日本均衡思想的蔓延,谁也不愿意跟别人攀比,男人"食草",而女人"食肉",阴盛阳衰,愈演愈烈,乃至日本被冠以"低欲望的社会"。

我记得有一年的年初,东京有家百货店推出新商品,取名叫"逼婚大礼"。商品包括订婚戒指、数码闹钟、婚姻申请书,还有印章和红印泥,所有这些都是用一个非常漂亮的粉盒子包装起来的。其目的就是女人对男友求婚专用。因为,不少日本男子跟女友谈恋爱谈了很久,但始终没勇气求婚,弄得女友十分郁闷。于是,商家看中了这一社会心理,大胆创新,销量居然很好,短短两周卖出了五百套"逼婚大礼"。大礼除了订婚戒指之外,数码闹钟也是为结婚倒计时而准备的,而印章的用途尤其周全,据

说是为防备男友借口自己忘了带印章而特意准备的,而且还是用绝顶高级的鸡血石做的!

难怪畅销书作家渡边淳一生前也感叹过日本男子日益衰竭,几乎丧失了男人气。无疑,所谓"婚活""恋活",乃至"产活",都是针对日本社会上的男女现象而言的,估计这类叫法还会持续相当长的一段时间。

不过,除此之外,也许是因为人到中年,所以我更关注的是文章开头说的"终活"。但凡是为自己临终做好准备的日本人,大都是快活的,而且还充满了幽默感。所谓"终活",大致上会为自己写一本 Ending Note,号称"寿终笔记",类似生命倒计时,记录每天有意思的事情,日子过得很阳光,尤其是还会举办隆重的生前葬礼,假装自个儿已经去世,躲进棺材里,听取亲朋好友们每人所发表的送行赠言,仪式感特别强。

我有幸应邀参加过一回好友的生前葬礼,棺材的尺寸比一般的要大,另外,除了棺材的盖子上照常开了一个天窗,可见"故人"的面孔之外,还特意在棺材的两边各挖了一个窟窿眼儿,据说这是为了让"故人"躺在里面能够听见大家在外说的赠言。后来,这位"故人"跟我说:"整个仪式最精彩的莫过于在棺材里听到人声,回声大,木质感超强,就像把自己当成一棵笔直的树放在棺材里一样,永生了。"

当然，这一说法是否属实，只有自己躺进去才知道。在很多场合，不少日本老人挺可爱的，而且是那种天然可爱的可爱，很好玩儿。专此选录几段我的日常记录（准寿终笔记），供大家参考。

1. 有一天下午跟日本老人在书店偶遇，闲谈几句后，他说："老人看的书太沉闷了，没意思，我到书店专找眼下流行的青春小说。"我问他，是自己读吗？他当即回答："我只是看看花里胡哨的封面而已，假装自己读过一样。"

2. 有一年夏天，天天桑拿天，特别热。路过车站前的小卖铺，一位老人手拉着一位中年人唠叨："这真巧呀，我们五十年没见了吧？那时你还是个孩子，满街跑，可淘气啦，我还抱过你呢！"中年人满脸不解，但还是笑脸相迎，等老人松开手之后，轻轻鞠了躬，走进了车站，消失在人流之中。老人的唠叨没停止，但一脸茫然。天显得格外炎热，人几乎要爆炸的感觉。我虽然没弄懂眼前发生的事情，但确实感受到一种浓烈的日剧气氛。

3. 早上坐地铁，人

很多，但还不至于人挤人，这时有一位老人上了车，全身打扮得像个登山客，双肩包和登山鞋都很显眼，有个高中生立即从座位上站起来，为老人让座。但出乎意料的是老人满脸不高兴，还说："不用你照顾。"高中生不解，只好坐了回去。随后，老人放下了双肩包，从中掏出了一个小折叠椅，慢慢地坐了下去，悠然自得。全车人的目光顿时集中到了老人身上，与此同时，大家并无表情，只有地铁压轨的"吱吱"声音。这一刻，又跟日剧一模一样了，绝对的。

4. 我家附近有座寺院，有时会去听和尚念经和讲"法话"。所谓法话，就是给大众讲佛法，加之众人诵经，佛家殿堂挺有气氛的。不过，有时也觉得和尚实在不容易，因为听法话的人有的听了四十多年，天天听，听得耳朵都起了茧子，可同时，也有第一次来听的人，面部表情一头雾水，而和尚要求自己每回讲佛法都要有新意，不能炒剩饭。这事还有绝的，一位老人到这座寺院听"法话"听了四十六年，每回

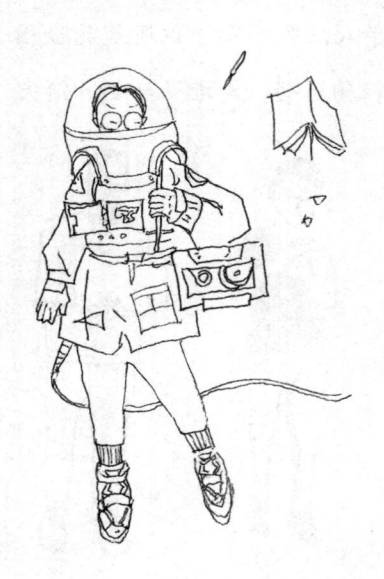

都给和尚打分，并记在一个厚厚的本子上，密密麻麻的，被他打过分的和尚已有两位圆寂了，成绩都很差。南无阿弥陀佛。

5. 昨晚在回家的路上，看见有人因自行车相撞而争吵了起来，不久，警察也赶到了。我走过这群人时，听到的是他们的对话。一方是个中学生，另一方是个老人，事情的起因是老人的自行车没开车灯。中学生说："不开车灯，谁看得见啊？"老人答："我不用开灯，就可以看见路，看得很清楚。"中学生说："不是你看路看得清楚，而是别人看你看不清楚。"老人说："别人的事我不管，我只管自己，能看见路有什么错吗？"听罢，我走过去了，也不知结局如何，但日本像这样的老人挺典型的，我见过几回。

6. 有一回去神户市外国语大学讲课，乘地铁看见了这样一幕：一位老人手里拿着手机，目不转睛地看着画面，画面上是一个婴儿的笑脸，笑得很灿烂，老人用颤抖的大拇指和食指同时滑动，有时把婴儿的眼睛画面扩大，有时

把嘴唇扩大,不多时竟然热泪盈眶。我虽然不知道婴儿是他的什么人,但他被感动的样子是真实的。车里人很多,也很热,老人的安静与慈祥除了我以外,也许没人注意。为此,我内心祈愿,祝老人平安,万事如意。

灾难文学与其他

2020.2.20

随着新型冠状病毒肺炎的流行，日本疫情已经告急，继中国之后，变成了受病毒之灾的第二大国。二〇二〇年二月以来，无论是推特、微博或者朋友圈，铺天盖地的消息全部来自抗疫前线。与日本相比，中国的疫情要严重得多，从武汉封城，一直到驰援不断的军医以及各大城市的医疗人员的逆行，每天都牵动了亿万人的心。这是一场与看不见的敌人的决战，就其规模与紧迫性而言，已经超过了二〇〇三年暴发的 SARS。

日本疫情之所以被中国如此瞩目，一是同病相怜的无意识发挥了作用，二是因为日本最初对中国疫情的物资援

助打动了很多人，尤其是贴在纸箱上的汉诗"山川异域，风月同天"一时间变成了重磅的文化新闻，非常暖心。另外，还有一个原因也许是在日本过完春节回国的中国游客并没想到"日本也沦陷了"的事实，如此噩运怎么看才好？于是关注日本的社会现象应运而生。

日本疫情的影响已经波及整个社会，二〇二〇年一月、二月，各大城市的马拉松比赛要么叫停，要么被取消，原计划当年三月一日举办的东京马拉松比赛也采取了不让市民参赛的措施，我有好几位国内的"东马爱好者"朋友被迫放弃了作为海外跑者参赛。另外，准备参加东京奥运会射箭比赛的蒙古国家队也取消了赴日集训，类似的情况还会继续发生。

日本疫情对教育机构的影响也变得越来越大了，比如我任教的大学，入学考试要求监考官与考生全体佩戴口罩。考试开始之后，监考官需要对每个考生进行照片比对，严防调包代考。监考官每到一个考生的面前都要示意对方把口罩摘下来，然后与照片对照。全场肃静，只有考生答卷时的笔吱吱作响，我作为监考官，跟每一个考生打照面时，对方仰头看我，我弯腰看对方，甚觉不自然，有点想笑，但又不能笑。如此感受还是头一回，五味杂陈。

大学的教授会现在也要求大家佩戴口罩，开会时猛一看，我还以为是哪所医院为了一台重大的手术而召开的会诊呢，同样也挺滑稽的。东京大学已经宣布从二〇二〇年二月二十五日以后的入学考试将一律不接受感染者参加，大阪大学和名古屋大学也做出了同样的决定。

说起"悬念"，灾难一旦来临时，这也许是最让人恐慌的一个元素。作家高岛哲夫二〇一三年写的科幻小说《首都感染》在二〇二〇年突然在日本火了，因为小说描述了某种强大病毒被带入日本的故事，东京被彻底封城，人心惶惶，社会机能全面瘫痪，犹如世界末日一样。小说里有不少细节跟今天的日本疫情酷似，乃至于被网上称为"神作"。

日本是灾难文学的大国，无论是地震，还是火山、海啸，但凡人世间所能经历到的灾难，无一不在日本文学

中出现过，就跟警世名言非灾难莫属一样。有关传染病，《源氏物语》和《平家物语》都写过疟疾，《方丈记》的"刹那无常"更是登峰造极，这跟作者鸭长明亲历过大灾难有直接的关系。

村上春树的小说《神的孩子全跳舞》取材于一九九五年阪神大地震，他的老家受损严重，断水断电断煤气，持续了很长一段时间。他在第二年返回老家西宫市，然后徒步走到了神户市中心，全程三十公里左右。途中，他还专门去了芦屋市的谷崎润一郎文学纪念馆，在那儿举办了一个小型读书会。谷崎润一郎是日本文学的一座山峰，尤其是在其唯美主义风格的深处潜流着一股灾难的气息。与谷崎润一郎相比，村上春树属于阳光派，他在《神的孩子全跳舞》中写道："那巨大而致命的灾难，似乎已经静静地，从脚底下将他的生活样貌改变了。"他想把胸中的感念告诉对方：我们的心不是石头。石头迟早会粉身碎骨，面目全非，但心不会崩毁。对于那种无形的东西，无论是善还是恶,我们完全可以互相传达。

不用说,灾难在村上春树的笔下是没有悬念的,他的直白很彻底,表明了日本人只能认命,只能以"无形"对应"有形"。所谓"有形",在村上春树的作品中,有时会是咆哮如雷的大自然,有时会是向个人伸出魔爪的社会系统与体制。

日本是岛国,自然灾害多,不安定的感觉往往来自日常生活的细节之中,同时也来自与外界交往时所发生的冲突与整合之中。日本人"知生知死",现实感超强,而且不惧怕死亡。日本近三百年的老戏《忠臣藏》是一部复仇的悲剧,其中所想表达的意境是把一场灾难变成一次美好,尽管这场灾难不是大自然的肆虐,仅仅是人的劳作,但其所思犹如日本的枯山水一样,以不对称,甚至包括残缺残忍在内为崇尚对象,与中国人讲究花好月圆截然不同。

此文写到这里,有点沉重,还是说一件轻松的小事吧,作为刚才说到的日本人与外界交往时的冲突与整合的一个实例。

我接触过不少日本文人，有写小说的作家、电影编剧，还有诗人，他们一般情况下都很绅士，可能也是混得不够熟的缘故，谁跟谁都隔了一层，这层不厚，像一面轻纱，基本上属于皮笑肉不笑的那种。不过，话虽这么说，但相互接触时间一长，总会有放松的机会叫你看到一个跟平时截然不同的面孔，有时很滑稽，有时很扫兴，有时叫你不知该如何反应才好。

我周围的日本文人都活得挺好，得意的时候多于他们郁闷的时候，所以没必要拿他们说事。既然是文人，必有传统可言，尤其是日本文人的性格在很大意义上是从先辈那里传承下来的，看似无影无踪，但还是能跟当今挂起钩来的。

日本有个江户时代，大约跟我国的清朝同期，是文学非常发达的时代。无疑，这跟从中国传播过去的文化有很深的关系，类似"四书五经"之类的著作就是流行于日本精英界的一种高端时尚，尤其对《唐诗选》的崇拜跟当今大众文化中的粉丝或者发烧友追捧有一拼，动不动就全文背诵。琅琅书声标志着当时日本人的教养之高，乃至任何人不许搞怪,只得硬着头皮死读。

江户时代的日本文人看起来挺守规矩,信奉权威,弄得大腹便便的模样,似乎唯有唐诗才能独霸文坛。但实际上,还有另外一条支流,呼声不高,只能私下里让文人自己逗自己,但这批文稿留下了很多,形成了后来被称为"狂诗"的流派。说白了,所谓狂诗,就是专门针对唐诗搞怪的诗,而且是越恶心就越叫座的那类仿写。下面举个例子一说就明白,原诗是苏颋的《汾上惊秋》:

"北风吹白云,万里渡河汾。心绪逢摇落,秋声不可闻。"

面对这首著名的唐诗,当时的日本文人南亩竟然以"舍弟"的名字,用题目《粪舟惊人》写成如下内容:"北风吹葛西,万里运河粪,扫除逢漂泊,臭香不可闻。"

由此可见,日本文人的荒诞之处也许是为了调侃唐诗,也许是因为内心不服气,同时,也可能含有其他原因,这个不好说。不过,刚才"舍弟"这个名字的用法一直到今天还在被沿用,"舍弟"是日本黑帮的专门用语,意思是"拜把兄弟"。

我老觉得结识了今天

的日本文人,有时能隐约看出他们身上的传统气息,除了灾难文学之外,还受到江户时代的影响,江户时代的影响也许超过了后来的明治维新。这个没往深处研究过,我只凭直感不敢瞎说。往后有机会,还是要征求一下日本文人自己的意见。有的时候,日本人比谁都更了解他们自己。

匿颜与日本社会

2020.3

我第一回听到"匿颜"这个词是在京都的一次务虚会上,而所谓"务虚",在日语的语境中指的就是没有任何立竿见影的内容。说起来,这有点像幼儿园小孩胡说自娱一样。会上的题目是"人脸是个什么东西",该题目的缘起是京都大学校长山极寿一教授以下的这番话:"现代社会越来越方便了,通信变得如此发达,可以让你随时随地与世界联系。但同时,这也让人觉得越来越不方便了,因为我们不再像过去一样相信别人了,其中最大的原因是人与人面对面的相见急剧变少,虚拟的人际关系正在膨胀。于是,大家是不是有必要想一下人脸的意义是什么呢?"

东京大学原岛博教授说："人脸是媒体，而是否能给人好脸看，这实际上是人与人交往的技巧，就跟婴儿常常会做好脸儿给父母看一样，因为他们需要大人的保护，仅此而已。人脸对婴儿来说，只是一个与人交换的攻略装置，而且远远比语言领先。"

原岛博教授是日本人脸学会的理事。有一回，他男扮女装，以肢体语言说明人与脸的关系。"匿颜"这个名词就是他在二十世纪九十年代创造的，有关文章还入选了日本高中课本，引发了社会上的广泛关注。

"匿颜"与"匿名"是意义同构的，其含义莫过于"不让别人知道自己的真相"而已。比如，日本一直流行"秀女小脸"，至今不衰，其美学意义上的起源是尽量遮掩自己。同样的道理，日本人喜欢戴口罩，而其中大部分的情况并不是为了预防感冒，而只是不想让别人看见自己的脸。这些年的日本女性杂志最多的特辑是教你如何美容化妆，如何把自己的

脸画得清秀小巧。另外，已经连续很多年，日本的传统服装和服的女装不再像以前那么有人气了，其中的一个理由是和服与脸大不搭，而脸小的女孩又不喜欢穿和服。按照动物学上的理论，但凡同类物种交往的时候，给对方看的是自己变大的脸，这就像远古的男人留胡子，其目的是让自己的脸显大，提升权威力，给对方一个大脸的错觉。而如今，尤其是日本社会，包括男青年在内，大家追求的是温柔细腻的男性印象，而不再是那类血气方刚、放荡不羁的样子。

原岛博教授认为现代社会需要人的好脸，这是无可厚非的诉求，为此，他制定了十三条能让人有好脸的规则。当然，这里所说的好脸，不仅仅对日本，同样也对其他国家。看你是否能理解他所提出的"人脸训诫十三条"。

1. 喜爱自己的脸。
2. 人脸是通过被人看了以后才变得美丽的。

3. 人脸是通过被人赞赏才变得美丽的。

4. 把与他人不同的脸的特征当成自己的魅力（个性）所在。

5. 自己不在意缺陷，他人也不会在意。

6. 蹙眉的同时，胃也在产生褶皱。

7. 睁开双眼，人生的视野会变得宽广。

8. 口齿清洁，笑口常开。

9. 留心做出左右对称的和谐表情。

10. 将美丽的皱纹和美丽的秃顶作为人生的骄傲。

11. 人生的三分之一是睡眠，就寝前要有一张安详平静的脸。

12. 有了快乐的脸，就有了快乐的心灵，也就有了快乐的人生。

13. 好脸、坏脸可以人人相传。

在京都的务虚会上，大家就原岛博教授的见解畅所欲言，其热烈的程度超出了我的想象，更何况这类讨论的现实意义几乎等于零，弄到最后犹如幼儿园小朋友欢聚说笑一样。最好玩的是京都市立艺术大学校长赤松玉女教授，她发给每位与会者一张硬纸板，然后请大家画人脸，画谁的都可以，无限制，包括自己、父母或者恋人。她说："画人脸本身也是让我们认识当今社会的一个方式，虽然这是一个私人领域，不属于任何机构或团体，但却让我们在与社会的交往中获得了一个缓冲的思维空间，这才是现代社会最需要的过程。凡事最先考虑的不应该是急功近利，而是悠然自得才对。"

听了赤松教授的话，我挺有感触的，因为要不是在日本大学教书，我或许不会重拾画画的童子功，也不会热衷于每天在手账上涂鸦。毕竟这是上小学时学的，包括素描、色彩，还有人物肖像、静物。过去的几十年几乎没有动画笔，原因一是被生活所追逐，好像每天都有做不完的事情；二是没有一个契机能让我回炉重温，直到课堂上开始用我的简笔画当教材为止，甚觉时间流逝得太快，要不然，还可

以画得更多，童趣也会更多，考虑人脸的时间也会变长。

很多年以前，我有一回直接问过当代美术家横尾忠则类似的问题，他的回答是："人的感情很容易支配人的肢体，这个不好，我们应该训练肢体，让感情受到控制。人脸最能表达人的感情，也是应该受到相应的控制的。"

横尾忠则是一位插画家，同时也是舞台设计师，与人脸面对面的次数绝对是个天文数字。如此话题，与日本学者和艺术家探讨，犹如接受了一场"头脑风暴"，同时也像返回了儿童时代，很尽兴，很愉快。

疫情期间的人际距离

2020.5.23

疫情期间,最热门的一个词莫过于"距离"。人们把"社会距离"当成了衡量现代人是否文明的一把标尺。当然,如此观察也是受到了媒体的影响,因为每天流量特别大的网络与电视新闻,大致上的开篇都是有关"戴口罩的人"以及"人与人保持间距"的素材,五花八门。

自打日本政府宣布进入紧急状态之后,我所在的兵库县被列入首批城市,直至二〇二〇年五月二十一日才解除。与之相应的光景也许是我旅居日本三十多年以来最凄惨的一段。附近除了一家营业时间被缩短的超市开门以外,其余的公共设施全部关闭,包括市民图书馆、博物

馆、美术馆和公民馆。晚间,车站周围的居酒屋群集体关灯,犹如突然出现的一片荒野一样。

其实,按照日本人的生活习惯,平时就讲究"距离",这跟欧美人相遇时的热情互拥截然不同。谁也不能想象一间日本茶室是从熙熙攘攘的气氛中开始的,因为绝大多数茶室都从肃静中淡出,闭目神往,心无旁骛。

记得有一年,我跟一位英国朋友到神户市中心的一家喫茶店喝茶,他要了一杯日本绿茶,同时又问店员:"能不能给我一块糖?"店员听后,显得非常吃惊的样子,急忙说:"绿茶是不能放糖的呀!"英国朋友纳闷了,他说:"我喝茶是我的事,加不加糖跟你有关系吗?"店员不退让,继续说:"日本绿茶是绝对不能放糖的,希望能理解。"英国朋友停顿了片刻,然后十分绅士地说:"请再给我一杯热咖啡。"于是,店员端上来了绿茶和热咖啡,热咖啡的漂亮杯子是用一个白色小盘子垫起来的,而白色小盘子上放了一小盒牛奶和一块方糖。这时,英国朋友当着店员的面,一边微笑着,一边把方糖放进了绿茶里。店员面无表情,转身走开了。

这件小事拿到今天来看,莫过于日本人对于"距离"的看待,因为日本绿茶与其他不同,始终保持了固有的品格与地位。不过,让我好奇的是店员的执着,这种心结究竟是从什么地方产生的呢?是国民性的遗传,还是因其固然,成为日本文化的一种呢?又或许,店员本人就是茶庄的主人,这话也说不准。

还有一件小事至今难忘。有一回,一位好友开车给我送东西,因为刚从中国出差回来,带了一些山货。当时我住的是二层小楼,家门口有一条窄道,而停车场大约要走出去十米左右,因为朋友只是送东西,所以就把车暂时停在了我家的门口。人家送东西来,拿了就拜拜,似乎有点不近情理,于是我招呼他到家里喝一杯茶。好友很开心,进屋饮茶,当然这时的气氛依然保持了日式的肃静。可没过多久,突然有人按门铃,我一看才发现门外来了两名警察。我急忙开门,想知道个究竟。警察很客气,先是敬礼,然后开口,直截了当:"我们接到附近的电话,说你家门前有违章停车,烦请移动一下,可以吗?"原来,我

家被邻居举报了。好友急忙从屋里跑出来,跟我寒暄了几句,同时还夸我的茶很好喝,随后就开车离开了。警察说:"谢谢。往后请多多注意啊!"态度依然很和气。不过,这事让我想来想去,还是想不通,因为周围的日本邻居都是自来熟,每天出门上班的时间差不多,经常打照面,彼此寒暄,有时彼此还进行一些"天气真好""樱花已经开了"之类的季节问候,貌似挺熟悉的。但即便如此,一旦遇到麻烦,日本人最先考虑的还是"距离",换句话说,如何不与对方发生直接冲突,恰恰是"距离"的全部意义所在。于是,相互之间也许能获得一种"心安理得"的效应。不过,在上述这件小事之后,每回遇到日本邻居跟我打招呼,心里总是怪怪的,近乎无地自容的感觉。

美国人类学家爱德华·霍尔曾经提出过一个叫"个人空间"的概念,其意思是:"人与人接触时,在无意识当中就会设置物理意义上的距离。"他还指出人与人说话时的距离在75—120厘米,如果超出这个距离范围的话,人从本能上就会感到不愉快。当然,人对周围环境的感应不仅仅限于物理意义上的距离,还应该包括精神性的个人空间。由此可见，疫情期间的人际距离也同样发挥了其特有的功效。眼下，所有超市的收银台附近，地上都贴满了距离指南，要求顾客隔段排队。整个社会貌似已经进入了一个"人防人"的时代。

如果现在是一个健康的社会，人与人的相遇是再正常不过的事情了。谁能想到今天竟然因为新冠病毒，谁也不跟别人见面？有时偶尔外出，遇见了熟人，相互之间只有点头致意，没话，大家的眼神全是散的。

我有个日本学生有一个上小学的孩子，她在毕业生云聚会上说："我的小孩说她听不到上课的铃声响，每天都觉得很寂寞。"

另外一个毕业生说："我反倒没觉得什么寂寞，因为平时不太爱跟人打交道，甚至还想过不跟人打交道的人应该怎么活才行，现在看起来，这已经不是我的幻觉妄想了。"

其实，我自己也有类似的体会，常年在教育界工作，发现日本社会的人际纽

带并不牢固,有时甚至"人还没走,茶就凉了"。有家大公司的老板曾经吐槽:"我当老板也是受雇用的,在任期间,每年收到上千张贺年卡,可一退休,家里只收到五张,少得可怜啊!"

的确,日本人的职场人际关系与生活泾渭分明,如果彼此只是工作关系的话,就会像达成契约一样,仅仅让这层关系停滞于原地,别无其他延伸。我曾经在日本一家上市公司工作过,至今为止,还有来往的同事最多不过两人。我问过他们,他们说我这算不错的,因为他们自己除了跟我之外,跟原来的同事再也没有任何来往了。

我记得有位社会学家说过类似的话,具体是谁,想不起来了。他说,人际纽带松了,社会的功能性就会变得强大。人与人的交往必定会带来社会关系的消磨,既不经济,也不划算。

至于这一说法是否合理,此处暂且不论,但防疫期间"人防人"的表现所带来的变化,也许能提醒我们几分。"看电视的年轻人多了,参加社交网络的老年人多了,老少两代人的社会换位越来越明显。"

毋庸置疑,"人防人"必然导致第三方平台的崛起,无论是社交网,还是各种云会议的软件,其最大的功效是把人与人真空化,力图闯过眼下的难关,但究竟会发展得如何呢?谁也说不好。

综上所述，关于如何保持有效而温馨的人际距离，拟出以下纲要，仅供大家参考。

1. 不要长时间与生人在一起。比如工作时间八小时，与同事连同午饭、晚饭都在一起的话，相互之间必然生厌，因为工作属于一个非私人的公共空间，彻底排斥了"个人空间"。

2. 不要把自己的一切都表达出来。比如恋爱与家庭收入这类隐私，其实就是"个人空间"的墙壁，它帮你建立了与社会交往的顺势通道。连自己的隐私都讲得滔滔不绝的人一定是一个依赖别人的人，同时也是一个软弱的人。

3. 跟人说话不要凡事都迎合。因为所谓的"同感"，其实就是扼杀个性的开始，比如有人跟你说一件伤心的事，最好不要轻易说："我也有过这么伤心的经历。"而应该说："让你这么伤心啊？"凡事不要轻易把自己带入他人的经历之中，以此保持"个人空间"的健在。

4. 确保职场与家庭两大阵营，外加一个移动空间。这是现代社会"人际距离"不可缺少的三元素。在过去的十几年当中，世界各地"志愿者"的人数激增，各种名目让人眼花缭乱，但其中有一点是不变的，因为"志愿者"就是移动空间的显示，它说明了现代人在职场与家庭之外，寻找第三元素的企图越来越强。

现在，我们每天都能看到疫情大数据，但愿"人际距离"能让所有的社会平平安安，期盼全球安泰！

つづく
（未完待续）

菊と刀

第三辑

「菊与刀」

读书，可以改变一个人的轨迹，遇见更好的自己。

好的绘本就像一场公路电影

2018.5.15

《再见企鹅》是糸井重里先生四十多年前的文字作品，然后由汤村辉彦先生配画，变成了现在这样一本十分可爱的童书绘本，而我直接应邀翻译这本书恰恰是四十多年后的今天。邀请我翻译的人正是糸井重里本人，他很热情，知道我移居日本三十多年，当然也知道距离他的四十多年还有一段时间的距离。这事情说来也凑巧，也许就是因为这个距离，让我获得了一个机缘，能与日本的童书绘本实地接触。

《再见企鹅》于一九七六年首次在日本出版，之后因为出版社倒闭，绝版多年后，由糸井重里自己的事务所（HOBO日刊糸井新闻）于二〇一一年四月复刻出版。可见虽然三十五年过去了，但糸井重里并没忘记他的企鹅。

这只企鹅和其他企鹅一样，黑白相间，但和其他企鹅也不一样，它想拥有一条自己的泳裤，最好还是带椰子树图案的。因为是路痴，它在去买泳裤的路上遇到了各种问题，但依旧不慌不忙，从容自若，在大海、沙漠、森林，甚至棒球场中穿梭，和空姐、章鱼、大象、响尾蛇调侃。

虽说是四十年前的绘本，但完全不会让人觉得有什么年代感，这只企鹅的自由洒脱放在任何时候都让人羡慕。

我对童书绘本的兴趣缘起于最近十年的中国图书业，每年夏天都参加上海童书展，而每回都被展示的大批童书绘本所吸引，这一是因为国内图书业的发展之快，尤其是设计与印刷，包括对纸张工艺的烦琐要求都是我过去没见过的；二是因为我们这一代人很

多都有了孩子，从小阅读童书绘本的心态也许对于我们是一次补课，为二十世纪六十年代很少有童书绘本看的时代提供了一个回炉的机会。

不用说，上述两点是日本读者无法理解的，其中的内容只是中国发展的轨迹而已。

二〇一六年，我跟中日两国的学生一起在上海创办了《在日本》杂志书系，第三期邀请了糸井重里先生当封面人物，跟他说时，他满脸憨笑，还是很热情。他很早就已经是日本广告业的一位明星，尤其是每天写一句话的展示方法，连续几十年不变，天天写，写也写不断，磨铁成针。其实，这一性格在《再见企鹅》中也有凸现，作为一只路痴的企鹅，先后只有一个不变的生存轨迹，这就是一路走下去，一根筋一条路，一个想法想到头的节奏。

另外，《再见企鹅》的画风十分特别，尤其是坚持使用规则文字的创意与日本漫画一直流行的不规则文字隔开一步，相映生辉。因为绘图本身的凝聚力被提高了，大色块的使用更适合于儿童的视觉，色彩是眼睛最好的陪伴，从培养想象力的意义上来说，文字的信息承载量远远小于绘图。幼儿的无厘头实际上是形象思维最发达

的标志，据说一个人的想象力最发达的时期是五岁之前，不管长大成人之后的想象力有多么发达，其所涉及的内容仅仅是幼儿期的延伸而已。

日本儿童从小就开始接受肢体教育，比如捏橡皮泥和搭积木就是典型的例子，这些都是儿童的必修课，日本人称之为"图工课"。没有模板，不树立榜样作品，所有的想象都靠每一个儿童自己完成，整个过程就像是为了扼制逻辑思维，能将形象思维尽量多留给儿童们一样。不用说，形象思维的发达是儿童的特权，而大人只能被逻辑思维压倒，这也许就是一个人的成长宿命，无所谓好坏，但无比真实。

《再见企鹅》里的每幅画都有规则的文字搭配，与大块大块的色彩相比犹如一个小小的台阶，变成了一条让儿童通往想象力的通道。汤村辉彦先生的童书绘本是我见过的最有特色的一种，非常日式，以色彩作为诉求于儿童形象思维的最大素材，坚持到底，达到了极致。

所谓"绘本"，在日本业内看来，是专对0—6岁儿童而言的，其具体的划分形成了七个明显的阶段。简述如下。

第一阶段：适合0岁幼儿的玩具绘本。比如一个布娃娃，实际上是某个绘本里的形象。

第二阶段：适合1岁幼儿的发声绘本。打开绘本，除了鲜艳的色彩之外，还能发出声音。

第三阶段：适合2岁幼儿的绘本。无论是绘本主人公，还是会话，其中会出现很多重复。

第四阶段：适合3岁幼儿的绘本。大都注重教育，以凡事要讲礼貌为主要内容。

第五阶段：适合4岁儿童的绘本。往往是一个故事的重复，情节与人物的设定也大致如此。

第六阶段：适合5岁儿童的绘本。为了丰富小读者的想象力，大胆的色彩运用很突出。

第七阶段：适合6岁儿童的绘本。已经成为上小学前的准备，可以当作学龄前预习的一种。

日本人一般把3岁前孩子称为"幼儿"，4岁时才叫"儿童"。根据上文的划分，无疑，《再见企鹅》应该是写给5岁儿童看的。同时，按照我对日本童书绘本的观察，这

个阶段与大人的想象力衔接最密切,近乎零距离。

　　总体上说,日本好的童书绘本很像一场公路电影,事件与情景交融,主人公与周边互动,绘图与文字如歌,远景与近景搭配。从这层意义上来说,《再见企鹅》值得读一下。

我与日本佛教相遇的现场是一块水田

中国东林寺的果一大师是在一九九三年为拙译作《叹异抄》写的序言,而当这本译著首次在中国出版时,果一大师却已圆寂。在二十多年后的今天,我经常看到朋友圈有人提起果一大师和《叹异抄》时,深感时间的飞逝。

《叹异抄》是一位镰仓时代的僧人唯圆房写的语录,记述的是他的老师亲鸾的言论,但十分绕嘴,其中的内容曾经让我吃惊。比如,佛陀是母亲,她最可怜的是众多孩子当中得病最严重的那一个,在现实社会里,病危的孩子就是我们见到的犯了错误的人以及犯了罪的人。所以,越是罪恶深重的人越能得到母亲的关怀,所以也就离佛陀越近。这就是所谓"恶人正机"。

其实,我当时读《叹异抄》只是因为个人的兴趣,并没有想到这部书深受已故的果一大师的喜爱,现在想起来,这对我也是一桩幸运的事情。《叹异抄》最吸引我的地方莫过于书中所贯穿的思想是我从未想过的,当然也是想也想不到的,因为我在国内从小学、中学,一直到大学,所学的课程大部分是必修课,至少在我上学的时代,课程中除了马克思列宁主义、毛泽东思想之外,好像没有谁的思想是值得学习的。

当然,在我毕业之后,相关的必修课也许也增加了很多内容,但我从未仔细打听过。可见,必修课对我当时念书的时代而言,只是一种普通课而已。

我是一九八七年到三重大学留学的,当时住津市的一身田,住宿的木屋子正好在水田的中央,夏天的青蛙鸣叫弄得我头昏脑涨,干闭眼,怎么也睡不着。

不过,就是在这样一个类似童话般的情景之中,我跟着房东——一个腰再也直不起来的日本老太太——走进了附近的高田本山。佛台无光,空气中的灰尘有时会发飘,偶尔跟射入窗框的阳光对接,溢出一

丝一丝的光缕。这样的一个场景最终成为我认识日本佛教的源头，因为亲鸾的画像第一次在此处看到，他的所想所思也是通过这样的一个场景才进入到了我的视线之中的，所以后来变成了我日本佛教阅读中的重要一章。

日本的佛教，对我而言都是值得好奇的，同时这种好奇也变成了我想了解日本人的动机。留学后，我到一家渔业公司工作，除了一清早就上鱼市卖鱼以外，一回到宿舍就读《叹异抄》，读好了就能获取一次定力。有时喝点小酒，吟唱数句，破碎的嗓音穿过纸贴的窗户被夏天的风传得相当远，最后变成不连贯的声响，融入空气当中。住在我隔壁的是鱼市上的日本小伙计，圆圆的面孔，眼睛虽小，但瞪起来挺大，他老说我是"装神闹鬼"的北京人。这也难怪他这么说，当时的我或许就是那么一个样子，处于一个与《叹异抄》触电的初期过程。

《叹异抄》是一本足以让中国读者惊奇的书，尤其从我本人的经历来看，一个从真实的生活中了解这本书的人，也许比阅读大量文献而达到了解的目的的人更直接，更富于感性。中国佛教协会原会长赵朴初法师生前为拙译作题字时就说过："这是一本应该让更多的中国读者知道的书。"

在中国翻译出版《叹异抄》之后，有中国学者就此书发表了研究论文，而且辽宁教育出版社接受了我的另一个

相关策划，并于二〇〇三年出版发行了拙译作——仓田百三所著《出家与其弟子》。这部大正年间的剧作也跟《叹异抄》一样，头一回与当代的中国读者见面了。该剧作自一九一八年首发单行本至今，单岩波书店就重印一百次以上，另有其他出版社的改订版，几乎年年都有新装出版。法国文豪罗曼·罗兰读过该剧的英文译本后深受感动，曾寄信给仓田百三，德国哲学家海德格尔也对该剧大为赞赏。据说三岛由纪夫自杀前不久，还重读了这部青春史诗。

仓田百三是一个充满了忧伤的青年，但同时又是一个热血沸腾、誓死面对青春的人，病魔的手掌卡住了他的命运，有时令他心绪繁杂，有时令他壮志凌云。对于成长在大正年代的仓田来说，关于文学与宗教，共产主义与资产阶级，以及恋爱、性欲、人性与道德等问题都处于一个模糊不清的阶段。他清醒过，困惑过，希望过，也失望过，所有这一切在《出家与其弟子》中，都原封不动地表达了出来，没有任何掩饰，更没有任何

矫情与虚伪。

"青年啊,凭你一颗年轻的心活下去吧,你别无选择!面对命运,振作起你的青春吧! 没有纯粹青春的人,将不会有他真正的老年!"(出自《出家与其弟子》第三幕第二场)仓田用自己的作品验证了这句话,因为他所有的作品都没有他的处女作成熟,而他的晚年正像剧本里衰老的亲鸾一样,孤寂茫然。

仓田百三不是出色的小说家,除了《出家与其弟子》以外,几乎没有什么惊世之作。《出家与其弟子》写的是日本佛教净土真宗里的故事,一名僧侣与艺伎之间的妖艳恋情,而仓田本人并非佛教徒,他的另一部作品《青春气息的痕迹》证实了他对基督教的接受。所以,从某种意义上说,仓田用的是基督教的感情,而描写的对象却是佛教大师亲鸾。亲鸾厌恶贵族化的佛教,把教义推广于民间,从净土宗派生净土真宗。所谓佛,并不是高高在上,而是人人皆可成佛。净土真宗极力强调信仰的

作用，不拘泥于任何形式，乃至准许僧侣娶妻食肉，贴近世俗生活。

《出家与其弟子》或许是仓田百三的化身，至少在破戒的僧侣唯圆和善鸾以外，只有仓田本人在病痛的折磨中才能感悟恋情的纯洁和信仰的崇高。仓田有他的悲情和不安，他把宗教与情爱赤裸裸地暴露出来，不回避内心深刻的矛盾，而这一点正是仓田剧作的艺术特征。日本文艺评论家龟井胜一郎对此解释道："艺术与宗教是一组敌对的关系，犹如圣母玛丽亚和维纳斯永远不会和解一样。"

《出家与其弟子》是日本明治维新以后最杰出的宗教文学作品，仓田百三不仅刻画了僧人亲鸾，而且把一个充满矛盾的现实展现给了近代的日本社会，纯洁的念佛之心与肉欲的诱惑、信仰与怀疑、善与恶、生与死、罪与罚等内容都集中到了这部剧作之中，尤其是这部剧的最后一幕：亲鸾的亲生儿子善鸾拒不接受信佛的劝导，更是一个混沌而矛盾重重的象征。

从仓田百三的病榻生涯来看，这部剧作不仅表达了日本人特有的感伤，而且更重要的是，作者把自身的垂死体验以及由之袭来的巨大痛苦再现为一部青春史诗。

现在回想起来，如果当初我到日本的时候，没住在水田的中央，甚至没有听见蛙鸣，也许就不会像现在一样与日本佛教触电，至少从了解的层面上也许会是另外一个方式，具体是什么方式，不好预测。

菊与刀背后的两个女人

2018.8.25

　　文化人类学家本尼迪克特写过一本书，中文译名叫《菊与刀》。这本书已经是一部研究日本文化以及了解日本人的经典著作。在国内，光我知道的，大概从二十世纪七八十年代以后就出版了五十多种译本，这在学界是罕见的现象。

　　但实际上，这本书是一个非常奇特的存在。所谓奇特的存在，应该从两个部分深入了解，因为一位学者的著作，除了其内容以外，还跟学者本身的经历有密切的关系。这一个方面是作为知识与智慧的内容，而另一个方面是阅读时也可以了解作者的经历。她为什么会写这本书？

在当时的历史条件下是如何扩散的？为什么今天会成为不朽的经典？

作者本尼迪克特是美国人，一八八七年出生于纽约，她的祖辈是从英国来到美国的，当时有一艘船叫"五月花号"，很多在英国被清教徒排斥的浸礼会成员都搭乘了这艘船驰向美国。本尼迪克特的祖辈是浸礼会的牧师，她的父亲是一名医生，母亲是位才女。本尼迪克特出生的那年相当于日本的明治二十年，那个时候，她的母亲就已经从美国著名的女校瓦萨学院（Vassar College）毕业了，这所学院后来的毕业生还包括肯尼迪总统的夫人，这所学院被誉为品格高贵的女子学府。

本尼迪克特两岁时失去了父亲。她的父亲是一名医生，为患者做手术时感染病毒，抢救无效，英年早逝。母亲带着本尼迪克特和妹妹去上小学，在做学前测试时，忽然发现她的听力有问题，有时会听不见。她的病症也就成了母亲的一个心病，于是母亲开始教女儿尽量去写，用文字表达弥补听不见的缺陷。

后来她上小学时，已经显示出了写作的才能，包括她后来写诗，都是因为接受了文字记述的训练。这个才华一直到她成年后从事学术研究都在起积极的作用。她的文字表述独特清新，言简意明。

本尼迪克特的母亲终生没改嫁，一边当教员，一边在图书馆做工养育两个女儿。她们两人同时考入了瓦萨学院，并获得了奖学金。本尼迪克特专攻文学，妹妹热衷于志愿者活动，并与一位牧师热恋结婚，从纽约搬家到了加州。本尼迪克特毕业后与两位女性朋友周游欧洲一年，目睹了不同的文化，这也成为她后来主攻文化人类学的最初的动机。

本尼迪克特从欧洲返回美国之后，跟母亲一起搬家到了妹妹所在的加州，在一所高中当上了英语教师，这对喜欢写文章的她来说，是一份可喜的工作。一九一三年暑假，她在纽约附近的牧场与瓦萨学院同学的哥哥相识，并在第二年与他结婚。本尼迪克特的丈夫是研究化学的，很不幸的是结婚二十二年后病逝了。在这期间，本尼迪克特原本是家庭主妇，因发觉自己不能生孩子，于是恢复了学业，同时还发表了诗作。后来她作为旁听生，与文化人类学之父——哥伦比亚大学的博厄斯（Franz Boas）教授相识，开始了自己的学者生涯。在获得博士学位后，本尼迪克特出任了鲍亚士教授的助手。博厄斯教授是德裔美国人，也是

犹太人，他当时在哥伦比亚大学是一面旗帜，研究范围包括种族歧视与女权运动等，涉及面广泛。

本尼迪克特在哥伦比亚大学工作期间结识了另外一位女助手米德（Margaret Mead）。米德性格奔放，为了写博士论文，曾经到萨摩亚群岛做了大量的田野工作，对当地的男女性爱做了调查，有关论文使她成为引人注目的文化人类学家。在当时的美国学界此类题目几乎是禁区，而米德除了做此类研究之外，还积极主张女权主义，认为美国妇女的地位低下是不公平的。

米德比本尼迪克特小十五岁，但在早期的文化人类学研究方面，米德对本尼迪克特产生了很深的影响，她们同在博厄斯教授的研究班，相互加深了了解。对米德来说，姿容出众的本尼迪克特是令人憧憬的，尤其是本尼迪克特的诗作更让她心醉。米德一生结了三次婚，还有小孩，但她与本尼迪克特的关系维持了一生，她们的关系是同性恋。本尼迪克特跟她的母亲一样，在丈夫病逝后一直独身。同性恋在当时的美国社会是一个非常敏感的领域，尤其是在学界，一旦被别人知道，前程必将受到打击。所以，米德在公众面前总是赞美本尼迪克特的诗作，而刻意避开共同的文化人类学专业，其目的就是不让世人知道她

们共同的事业，而把话题仅仅锁定到文学，让人以为她对本尼迪克特仅仅是敬仰而已。

本尼迪克特自从一九三〇年当上了哥伦比亚大学讲师之后，不断发表学术论文，一九三四年出版的《文化模式》一书至今还是美国文化人类学的一般教程的必读课本。本尼迪克特受米德的影响，也投身于女权主义的运动，并积极参加大学内部有关人权主义的会议。一九三九年，原以为可以晋升教授的本尼迪克特只因为是女性而被其他大学的男性替代，她愤愤不平，而恰恰在这之后的一九四三年，她接到了美国战时情报局（Office of War Information）的邀请，出任了这个部门的主任研究员。这份工作对本尼迪克特来说，是摆脱她大学烦恼的最佳选择，同时也是她写出《菊与刀》这部经典的最大契机。

华盛顿是美国政府的战时情报局的所在地。当时因为美国与日本交战，急需了解日本军队以及日本人的行动类型，本尼迪克特是文化人类学家，出任这个职位也是顺理成章的事情。无疑，这是《菊与刀》诞生的直接缘由。

战时情报局大约有三十多名专职的分析人员，而且其中有一部分人是直接听从本尼迪克特的工作安排的，这也是为什么后来出版《菊与刀》一书时，本尼迪克特把主语

"我"全部改成了"我们",这本书实际上是一个团队的作品。根据日裔分析人员罗伯特·浜岛（Robert Hashima）的回忆录,本尼迪克特研究日本文化时所得到的最大启发来源于夏目漱石的小说《少爷》,而其中有关恩情与道义以及义务等复杂的关系也是来源于此。

实际上,《菊与刀》这本书是一份报告书,当时在战时局的编号是25,因此在撰写的过程中,分析人员都称之为"报告25号"。本尼迪克特刚到情报局就任时,并不是研究日本,而是被指令研究荷兰与罗马尼亚。当时,战火纷飞,她无法直接去这些国家调查与采访,于是她采取的方法是尽量调查曾经在那些国家生活过的人,而且从习惯与风俗入手,把调查做得非常详细。

局里有一个海外战意分析科（Foreign Morale Analysis Division）,这个部门的分析员收集了大量的日本俘虏的采访记录,人数超过了三千名。本尼迪克特本人一生从未去过日本,但她主导的这些采访记录大部分都集中到了对日本天皇的态度上,然后她惊奇地发现,在三千多人的回答中,只有七个人对天皇不敬。这一数据所包含的意义后来直接影响到了美国政府对日占领的政策。
战时情报局的代表杜布（Leonard Doob）十分敬佩本尼迪克特的研究能力以及高超的判断力,他根据本尼迪克特的解释,

在政府的会议上说明了天皇之于日本民众的重要地位，并主张不能处死天皇。后来，美国《时代》周刊也刊出了一篇报道《她救了天皇》(*She saved the Emoperor*)，这个"她"不是别人，恰恰就是本尼迪克特。

根据"报告25号"编辑而成的《菊与刀》一书，实际上是对报告内容的取舍与合并。"报告25号"的提出是在战争期间，其目的只有两个：一个是如何让日本兵尽快投降，尽快停战；另一个是占领日本后，美国如何对待日本人。对此，本尼迪克特在编辑《菊与刀》时，删除了对美国政府提出的具体建议，而是强调了日本的耻感文化与道义，恩怨与忠诚等，加重了学术上的见解。本尼迪克特只用了两个月的时间就编辑完了《菊与刀》。

从结论上说，这个报告不仅完成了其应有的使命，同时也作为一般的书籍在日本完成了翻译出版，并对日本社会产生了很大的影响，随后又被翻译成了多种语言，在各国出版发行。《菊与刀》是一本很好读的书，具体例子很多，思路清楚，没有日式表达的委婉，当然这跟本尼迪克特的好文笔是有直接关系的。另外，还有一处需要注意的是，本尼迪克特与米德的同性恋关系，她们相互体谅对方的立场，作为受到不平等待遇的女性，同样对当时的美国社会不满，这对文化人类学的研究以及日本研究方面多少投下了暗影，这一点从战时情报局日裔分析人员的回忆录中是可以看出来的。

一九四八年夏天,本尼迪克特终于被晋升为哥伦比亚大学的教授,但同年秋天在纽约病逝,享年六十一岁。

唐招提寺与东山魁夷

距今至少已经有三十年了,第一回去看唐招提寺还是在我留学日本的第二年,其最直接的起因是阅读了东山魁夷的一本书——《去往唐招提寺的路》。东山魁夷(1908—1999)是日本国宝级画家,美文写得好,有力度,十分空灵,在我留学之前,一度让我很痴迷。后来,随着自己可以用日语直接写作,有时还会回过头翻看这本书,从中所得到的是非常强大的视觉效果以及他对日语表达的精准把控。对我来说,类似这样的读后感几乎是独一无二的。比如,东山魁夷描写鉴真和尚时是这么感叹的:"他虽然双目失明,但我能感到他清澄如镜的心灵眼睛已经看破了万象。"

鉴真和尚是唐朝的高僧，从公元七四二年到七五四年，应日本僧人荣叡和普照的邀请，先后六次东渡，历尽千辛万苦，终于抵达日本。他留居日本十年（比东渡所需的时间还短）一直到去世，致力于传播唐朝丰富的文化成就。他带去了大量的书籍文物，随行人员中，有懂艺术的、懂医学的、懂料理的，也有懂建筑的，人才济济。这些人把自己的所学全部用于了日本，为日本佛教文化的发展做出了不可忽视的贡献。一九六三年是鉴真和尚去世一千二百年，日本政府决定把这一年命名为"鉴真大师显彰年"。一九八〇年，由唐招提寺第八十一代长老森本孝顺实现了鉴真漆像"回乡探亲"的愿望，扬州大明寺也得以重修，成为中日两国文化交流史上的一件大事。

二〇一九年十二月五日中午，来自唐招提寺的东山魁夷隔扇画乘坐"新鉴真号"轮船抵沪，"沧海之虹：唐招提寺鉴真文物与东山魁夷隔扇画展"也于同年十二月七

日在上海博物馆开幕。

东山魁夷为唐招提寺画的这幅隔扇画历时十年才完成,被称为他的艺术里程碑之作,说起来也是缘起于森本孝顺长老。东山魁夷说:"昭和四十五年(一九七〇年)底,我从日本经济新闻社的园城寺社长那里听说森本长老希望我画隔扇画,当时正值我要去奈良的大和路,这突如其来的消息打动了我,犹如一个强烈的启示。如果画起来的话,工程很浩大,所以我的回答是先考虑一下。但是后来在我和森本长老第一次见面的时候,我当场答应了他。"

东山魁夷的隔扇画一改以往擅用色彩的画风,采用了近乎单一色的描绘,仅仅以单色的浓淡打造不同的层次与节奏。他为御影堂绘制了六十八面隔扇,包括五大部分:《山云》《涛声》《扬州薰风》《黄山晓云》《桂林月宵》。

东山魁夷的著作《去往唐招提寺的路》很好看,尤其是行云流水般的叙述时刻不忘细节,但凡涉及具体的时间、地点、人物的时候,他的叙述犹如画笔下纤细的线条一样,丝丝入扣,从不给人凌乱的感觉。反倒是一写到关于绘画与风景的章节,其文采飞扬,驷马难追。他与诺贝尔文学奖得主川端康成是毕生的挚友,交往密切。一九七二年四月十六日,川端康成突然自杀,而同一天,东山魁夷正好在熊本县的天草，住在一个叫下田的孤零零的海边温泉旅馆，他当时写下了一篇名为《为星星饯行》的悼文，其中有一段是这样的："窗外看出去全是天草海滩，茫然无极，夕阳很安静。淡淡的晚霞不再让大海与天空的境界那么清晰了，甚至让人难辨其真。天很低，月亮犹如一根细细的琴弦悬挂了起来，琴弦渐渐地被拉直了，很平和很低调。在月亮的上面，有一颗很大的星星正在闪闪发光。这似乎是一颗不同寻常的星星，虽然是一颗很清凉的宵月之星，但它的闪光，尤其是喷薄而出的光彩一直在流入天空，变得透明，变得无影无踪。这就是生命最闪光的瞬间。"

东山魁夷后来还补充写道："我觉得这就是川端先生谢世的时刻。"（《去往唐招提寺的路》）

由此可见，无论是对鉴真和尚的遥想，还是对川端康成的思念，东山魁夷的所想所思都是来往于此岸与彼岸之间的，中途无一障碍物。他作为一位大画家，独具慧眼，但同时作为一位体察人世间的文学家，笔触不仅细腻，而且还很温暖，令人折服。

现在把话说回到日本佛教律宗

的建筑群唐招提寺。金堂是唐招提寺最重要的殿堂建筑，前廊宽阔，出檐深远，斗拱雄大，金柱粗硕，内部须弥坛上还有三座日本最大的干漆造像。居中的是主尊卢舍那座佛，高3.04米。左边是千手观音像，高5.36米。右边是药师如来立像，高3.36米。一般游客如果径直走进殿堂仰望，必定会产生从上而下的压迫感。其实，如何看金堂的三尊佛像，是有一些说法的，其中最容易理解的是从金堂的外面往里看。

金堂的中央与前庭的石灯笼对应。据说唐招提寺营造的时候，金堂周围都是回廊，很多法事都是在此举办的。后来回廊消失了，唐招提寺比起营造时的规模也变小了，但人们从石灯笼附近往金堂看，还是正好能同时看到三尊佛像，可以尽收眼底。人佛相应，"距离"也许就是相互连带的一个关键词。

二〇〇〇年，金堂开始了有史以来第一次最彻底的修复工程，历时十年，光拆卸下来的瓦片就多达4万块，木材多达2万件。工匠们对其中的243件木材进行年轮鉴定，发现其中有3件地垂木的伐木时期是延历元年

（七八一年）。这就是说，金堂的建设是在鉴真和尚去世那一年（七六三年）之后完成的，相差近二十年。二〇〇九年十一月，唐招提寺顺利举办了修复落成法会，而在整个修复工程期间，日本各地相继举办了"国宝鉴真和尚展"，让很多的日本人进一步了解了中日两国的文化渊源。

翻看旧照片，找到了好友于一九八八年在唐招提寺拍摄的照片。站在金堂前面的是我，刚到日本留学一年，从西装革履的样子来看，好像是要去京都大学见教授，具体是一个什么场景，我已经完全不记得了，因为从那时开始，我的留日以及后来的旅日生活渐渐地走上了一条另外的道路，一个完全不按常规出牌的走法。

二〇一九年十二月二十五日，因为出演一部国内的电视纪录片，我和妻子都是在唐招提寺度过的，纪录片内容是有关建筑、有关唐宋与日本的文化渊源的，话题很丰富。我第一回到唐招提寺的那年，妻子还在德国留学，她至今还记得我当时在信中为她描述的唐招提寺。后来，她从德国转学到了日本，我们不再两国分居。这虽然只是我个人的经历，也不知是否有必然的契合，但有一点十分清楚——这似乎就是"顺势而为，因势而动"的结果。

　　这回在与唐招提寺第八十八代长老西山明彦住持交谈时，他跟我们说："律宗不伐树，所以这里的庭院看上去不整齐，但充满了生命力。"我问他："树是从哪里来的呢？"他笑笑说："是野鸟乱叼树种叼来的。"

　　现在仔细想来，无论我们所处的人世间如何变化，能像唐招提寺一样不变的理由是绝对存在的，而且这理由十分牢固。悠悠古今，绵延不绝。

了解日本的另类视角

2020.7

"了解"可以有多样的视角，无论是对国家，还是个人，其多样性不会改变。旅居日本三十多年，多样的视角让我增加了"了解"，尤其是在异域文化的语境中，让"了解"持续下去已经变成了我的愿望。

多年以来，我们对日本女性的了解似乎形成了若干定式，比如樱花树下的和服女人、家庭主妇以及艺伎、政府现任的女性大臣，包括音乐组合AKB48在内，她们都是供我们"了解"的视角，而且是多样性的。不过，就我个人所想，策划出版《我是主播》《五十岁，我辞职了》《音的记忆》这套有关日本女性的书籍也许是上述多样性的一

次延长，因为书中的叙述不仅让我了解了日本女性的力量，同时也让我了解了日本。了解日本是为了丰富我们的智慧。

日语里有个词叫"女子力"，曾获得平成二十一年（二〇〇九年）"日本新语与流行语大奖"提名。原本以为这只是风靡一时的社会名词，但一直到令和年代，这个词仍然出现于很多领域，尤其是涉及日本女性的自立以及职场生涯的时候，"女子力"的词汇活跃度就会明显增加。这个词，一方面强调了女性积极向上的生活态度，另一方面也说明了日本社会对女性的认知变化。相较于传统观念，这一变化的进程虽然并不那么激进，但的确是在向前迈进的。当然，有关"女子力"一词的用法，有时也跟女权主义挂钩，在日语的语境中呈现出复杂的一面。不过，从当代日本社会的文脉中观察，这三本书所反映出的文化现象，尤其是作为日本女性的个人叙述，无论是其中的细节，还是所展示的人文情怀，都是一种真实的写照。我甚至觉得这些写照是跨界的，作为非虚构文本，给人一种柔软的力量。

《我是主播》的作者是国谷裕子，一位在NHK电视台担任了长达二十三年新闻节目主播的著名女主播，主持的新闻节目多达三千七百八十四回，每回三十分钟，她在书中详细地描述了主播的心得，尤其是海量般的细节很吸引人。

比如，有一回她采访诺贝尔文学奖得主大江健三郎先生，等到灯光、摄像机的机位固定完毕时，大江先生突然从皮包里拿出了一本写得满满的笔记本，原来他为了接受国谷裕子的采访，已经事先写下了想要说的话。但几乎在同一个瞬间，国谷裕子当即对大江先生说："烦请您收回这个笔记本，可以吗？"大江先生听后，当场收回了笔记本。书中写道："采访人与被采访人应该是同等条件的，因为这是我的职业，所以应该遵守。"日本电视女主播是众多女生所向往的职业。这本书有职业的硬道理，还有人情，尤其是充满个人魅力的国谷裕子，更是职场女性值得关注的人物。

《五十岁，我辞职了》的作者是稻垣女士，她的爆炸头也许是她最有力的标志。她单身，无子女，无工作，眼下崇尚纯自然的生态，家里不用电，上楼爬楼梯，到了夜晚完全靠窗外的自然光线照明，声称"挺亮的"。她在辞职前是《朝日新闻》的编辑委员、电视新闻节目的嘉

宾，她是日本知识界女强人的典型代表。这本书详细地描述了她对日本现代社会的选择，其文化的着眼点是越境的，生活化，理想化，同时也很励志。

《音的记忆》的作者是小川理子，现任松下电器的执行董事，同时也是一位爵士乐钢琴家。她从小受家庭影响，喜欢音乐，爱弹钢琴，甚至对在母亲体内时听过的音乐都有记忆，这很奇妙。音乐对她来说，更多意义在于"音"，至少比"乐"的存在意义要大得多。她毕业于庆应大学理工学部，因为对"音"的痴迷，考入松下电器，参与了世界音响品牌 TECHNICS-SST1 的研发工作。不过，随着全球音响市场的缩小，松下电器于一九九三年决定解散她所供职的部门，这让她非常失意。在这之后，小川理子开始用钢琴演奏爵士乐，二〇〇三年，她出版发行了自己的 CD，并在同一年的英国音乐杂志上获得了年度最佳好评，以"SWINGIN Stride"品牌出道，几乎成为一位职业爵士乐钢琴家。不过，因为无法放弃对"音"的追求，她依然留在了松下电器，并未辞职。二〇一四年三月，大转机来了，因为大容量数码传送的飞速发展以及全球对高端音响的需求，松下电器决定激活音响的开发与市场的开拓，并任命小川理子为执行董事，让她负责

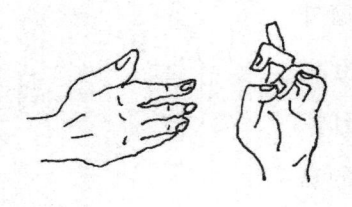

整个TECHNICS品牌的复活。《音的记忆》是一本日本女性职场励志书,也是一本唯有女性才能洞察秋毫,娓娓道来,讲述人的情怀的书。学识、才华、苦恼、爱情以及预期的成功感,这些内容很充实,有的段落让人心动。她为这本书写出了三个关键词:"工作""爱"与"坚持"。

其实,小川理子的三个关键词也是这套"女子力"丛书的核心内容。

故乡是文学的起跑线

2020.7.23

我对故乡与文学的思考是有一个直接原因的,这也许是旅日三十多年而造成的一个现实,离开故乡越远,贴近文学的心境就会越强。当然,所谓"离开",在此指的是时间与空间之于我个人的距离。

最近,以翻译村上春树小说而知名的丹麦语翻译家霍尔姆女士到大学研究室找我,并直截了当地说出了她的理由:"有位电影导演邀请我出演一部纪录影片,沿着我翻译村上春树小说的主要线索,重新审视故乡与文学的关系,因为我知道毛教授的住所正好是村上春树少年时居住过的地方,于是专程到此了解一下。"

听罢，顿时有一股越境文学的气息应时而生，包括二〇〇二年大江健三郎拜访莫言的山东老家，作为现场翻译，我第一感受就是故乡与文学，除此之外，似乎找不到一个相互更搭的内容。文学发生的机制也许有很大一部分是源于故乡的，这不仅源于我个人的域外经历，还包括了通过文学翻译所获得的深度认知。

与霍尔姆女士的共同话题是村上春树，我翻译村上春树的短篇小说《没有女人的男人们》，恰恰是因为故事的发生地点以及相关情节就在我的住所附近——一个少年村上生活了十九年的故乡。我跟她说："作为译者，如果是我们了解的作家，一定会从他的字里行间看出另外一个场景，纵深感很强。"

其实，我这么说也是为了请教霍尔姆女士。二〇一六年，村上春树获得了丹麦安徒生文学奖，他的讲演开头是这样说的："读安徒生的《影子》是这些天的事。我的

丹麦语翻译霍尔姆女士向我推荐这个故事,并说她确信我会感兴趣。读后,果然让我吃惊了,安徒生竟然写出了这样的故事。"

《影子》是安徒生描写人的异化的著名作品,与他平时非常阳光、非常温暖的童话作品截然不同,在这个故事里,他的笔下是人类彻底的绝望。我问霍尔姆女士:"推荐村上春树读《影子》的最大理由是什么?"

她回答:"这个故事的主人公是从寒国的故乡到暖国的,然后把自己的影子丢掉了,而影子却变成了主人。在这里,人被不可挽回地替代了,最终死于非命。这个故事通篇也是一个来往于故乡与现实的过程,这是我推荐的重要理由。"

村上春树与其他日本作家一样,也是一位喜欢在故乡留下笔墨的人。以兵库县西宫市为例,这是村上春树长大的地方,气候环境宜人,历史上有不少日本作家与此地结缘,当地人称之为"文人的乐园"。井上靖、田边圣子、远藤周作、野坂昭如等著名作家都曾把这里秀丽的景色"植入"自己的文学作品。

同样是故乡,这一主题无论是对作家,还是对译者,在某种意义上,都离不开时空的置换。正如霍尔姆女士所说的"过程"一样。我记得大江健三郎曾经比较过他与莫言的文学故乡，因为当时的翻译笔记我一直保存着。

谈话地点是莫言的老家山东省高密县平安村，大江健三郎说："我比莫言大二十岁，日本的农村与中国的农村虽然不一样，但我们确实有共同的地方。我出生在一个小山村里，我的母亲和祖母也给我讲述过山村里的许多传说，这跟莫言的爷爷奶奶讲故事给他听是一样的。可是，这些传说、故事不一定都是美丽温馨的，我记得当时最让我震惊的是一个关于狗的传说。有一天，一个专门屠杀狗的人来到了我的山村，他挨家挨户把狗都找出来，带到河的对岸凑在一起，我家的狗也被带走了。他从早到晚，一条条地杀，还扒它们的皮，然后把皮晒干，最终好像是为了卖这些狗皮。据说，他的狗皮都是销往中国东北的，当时日本正在侵略中国。这个传说对我刺激很大。

"我开始写短篇小说是在十八岁，那是我第一次坐夜行列车离开故乡的时候。后来我考上了东京大学，当时在大学的报纸上，我发表的第一篇小说就是《屠杀狗的人》。这让我想起了莫言的小说

《白狗秋千架》，读这篇小说让我非常怀旧，尤其是小说一开头就讲，我的村子里已经没有白狗了。狗都是混血的，有的狗看上去是白色的，但总有哪个地方是发黑的，等等。这些描写和观察跟我非常近似。我写《屠杀狗的人》的时候就曾经想过，那个人那么凶残，杀那么多的狗，他怎么一丁点儿也不想让狗安乐死呢？我们的共同点首先是从一个小村庄里来的，然后又是一个离开故乡，把思念寄存于故乡的过程，这些都成为我们文学的内容，也是我们文学的起跑线。"

最近中央电视台制作的大型电视纪录片《文学的故乡》，有一集讲的是莫言，为此，我也应邀参加了部分制作，并提供了二十多年前珍贵的影像资料。其实，当时的我无论是在莫言的故乡，还是在后来去过的大江健三郎的故乡日本爱媛县，甚至包括我现在的居住地村上春树的故乡，所有这些故乡的元素都与文学密切相连，尤其是作为译者来说，从文学到现实的过程不仅是越境的，而且是与内心相互映射的，这也许是故乡与文学的某种内在的机制与关联，令人不忘。

我的故乡是中国北京，久居日本，常年致力于用日语写作，域外与故乡的概念经常得益于翻译文学的确认以及与作

家们本人面对面的交流，这无疑是让人心灵丰富的过程，同时也是不断体会这句话的分量的过程，即"故乡是文学的起跑线"。

草间弥生何以走向世界

翻译草间弥生的自传《无限的网》是在二〇二〇年疫情肆虐的四月份,日本政府发出了"紧急事态宣言"令,所有的学校全被叫停了,我在大学担任的课程已经升级为"云课堂",于是,居家防疫的生活也开始了。每天除了教务之外,剩余的时间用于写书译书也是一个顺势而为的收获。不过,在翻译《无限的网》的整个过程中,作为中文译者,我对草间弥生何以成为当代艺术大家的疑问逐渐加深了,这也许是由于好奇心的缘故,对她娓娓道来的内容之外的资料阅读反倒觉得引人入胜,有时甚至超过她的自述。其中包括:究竟是谁力挺过她?是谁让她从美国返回日本沉寂数年后东山再起，名声大振呢？

草间弥生一九二九年出生于日本长野县松本市，小时候出现了幻觉，眼前有时会闪现无边无际的"波点"，她承认这是后来两大创作主题之一的重要缘起。另外一个主题是"网纹"，其实也是强调无限的意义。她虽然是在富裕的大户人家长大的，但从事树苗花种产业的父亲放荡不羁，母亲暴躁，对她管教严酷，有时还会施暴，这让她把画画当作了逃离现实的一条路径。"如果用比喻来说的话，我在母亲的子宫里就已经绝望了，对周围以及我自己全部是绝望的。在这样的世界里，我没法活下去。但正因如此，画画成了我走投无路的唯一的呼吸。"

后来，她到京都市立美术工艺学校专攻日本画，依然很绝望，对老师的教法极度不满，"甚至可以说很痛苦"。返回松本市后，草间弥生每天画几十幅画，废寝忘食，二十三岁在松本市举办了画展，一直到二十八岁只身一人飞往美国之前，曾经在东京举办过四次个人画展。可以说，她的当代艺术生涯是从绘画启程的。在她排除万难飞往美国时，竟然把自己的画全部焚烧了，可见她背水一战的决心。

在美国，草间弥生作为前卫艺术家风生水起，尽管也经历了种种苦难，饱经风霜。这在《无限的网》中写得很详细，有的细节令人回味。包括她艺术创作的两大主题——"波点"与"网纹"也是在旅美生活当中不断升华的。从越境艺术的角度看，草间弥生作为日本的前卫艺术家出现于美国艺术圈的浓度变得越来越淡，"日本"这一前置词几乎达到了一个逐渐被稀释的状态，乃至她在结束了十六年旅美生活后，返回日本，常年住在精神病院。从人们的视野中消失之后，于一九八九年在纽约国际当代艺术中心举办她的个展时，竟然有不少美国人误以为她是美国的前卫艺术家。

实际上，恰恰是草间弥生在一九五七至一九七三年旅居美国期间，日本对于美国的国民印象发生了变化。说得更精准些，美国对日本进行了跨文化外交以及相当程度上的舆论操作。这一事端的发生是从一九六〇年一月日美两国政府签署《日美新安保条约》开始的，这份条约取代了一九五一年的旧安保条约，结束了日本的半占领

状态，使日本获得了独立，其国家形象和国际地位得到了大幅度提升。不过，作为一场反安保的社会运动，日本从二十世纪五十年代后半期就以反对美军基地、反对"勤务评定"为主，推动了革新政治势力的增长，为六十年代初期的反美运动奠定了基础，乃至最终发展成为战后最大规模的社会运动，史称"安保斗争"。日本国内的反美情绪不断升级，迫使时任美国总统的艾森豪威尔取消了访日的计划。随后，在一九六〇年当选为第三十五任美国总统的肯尼迪对日本不减的反美情绪表示担忧，并下决心收拾前任留下的烂摊子。同一年，肯尼迪十分看好外交季刊上的论文《与日本中断的对话》，因此任命作者赖肖尔为驻日全权大使，由此开始对日本实行跨文化外交以及舆论操作。其中著名的一项来源于"肯尼迪与赖肖尔的热线"，开始向日本的电视台免费提供美国电视节目，其中包括时尚、美食、旅游、文化与艺术等。

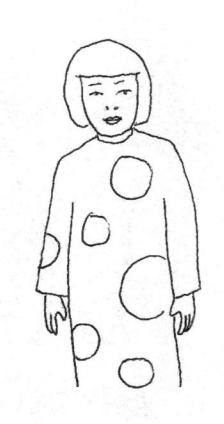

赖肖尔的第二任妻子是日本人，赖肖尔因被提名为驻日大使而出席参议院外交关系委员会的听证会时，被参议院多数党领袖曼斯菲尔德称颂："美国非常荣幸能够拥有这样一位大使夫人，美国只需出一份薪水就可以获得两位

大使。"

赖肖尔在任期间,与妻子寻访日本各地,为日美两国之间的文化沟通以及形象的建立竭尽全力,其中以一九六四年的"赖肖尔事件"最出名。当时,赖肖尔在美国驻日本大使馆门口遭遇刺杀,右腿大动脉被刺伤,导致大量流血。日方急救人员第一时间送他到医院,并紧急输血,但不幸的是因此而感染了肝炎。对此,赖肖尔说:"我的身体里终于流淌了日本人的血。"他的这句暖心话不仅感动了很多日本人,而且因为这一事件,日本政府开始对垄断输血行业的黑社会严加整治,并开始建立无偿献血体系,一直延续到了今天。

在草间弥生赴美的时候,日本国民对美国的情绪出现了战后最大的变动,原本的厌恶开始出现松动。不过,这一点在对前卫艺术的看法上仍然是落后的。"在我看来,面对社会就是要做出前卫的姿态,因为日本在体制以及规则上总有一道厚厚的坚如磐石的墙壁。团体虚伪的人性、对政治的不满、战争导致的人性丧失与混乱、媒体暴力以及公害等,种种事态令我十分痛苦。人类精神的退化总是遮蔽了我们眼前迎向未来的阳光。"

实际上,针对草间弥生的前卫艺术,当时的日本媒体是不友好的，甚至给她冠以"丑闻女王"的称号，痛斥她的软雕塑、行为以及装置艺术，其中包括她在美国疯狂组织裸体集会等，甚至称她是"日本的卖国贼"。"日本的媒体根本不关注我的艺术与思想，只当作丑闻，而我正是在他们的虎视眈眈之下，时隔十三年再次踏上了日本国土。"

四十四岁的草间弥生离开纽约返回日本的三年前曾短期返日逗留，《无限的网》有一个章节《一成不变的日本男性社会》激烈地抨击了她所感受到的日本现实。从当时的大量报道来看，与其说舆论界关注她的前卫艺术，还不如说是专注她的旅美背景，以此为热点话题，从她的角度了解美国才是博得大众关注的近路。在此，日本媒体的商业操作十分巧妙地利用了日本社会的反美情绪，但凡是有关美国的话题，尤其是在前卫艺术界，有关草间弥生的负面消息就铺天盖地。"我一天到晚都在接受暴风骤雨般的采访，但无论是采访还是其他什么，日本的新闻媒体都有一样的毛病，就是只会问我同样的问题，对我的行为只是好奇与津津乐道，而根本不关注行为背后的意义与本质，更不用说予以理解了。水平之低，叫我无语。"

一九七三年，草间弥生彻

底返回了日本，视力变得很差，每天总觉得光线刺眼，并时常出现幻觉，最后跟医生商量之后，决定住进东京新宿的一家精神病院。然后，她在病院的附近成立了自己的工作室，白天在工作室画画，晚上回到精神病院。这段时间，她就像一个潜水的前卫艺术家，从公众的视野中消失了。对此，草间弥生自己的解释是："面对东京以及故乡，我感到了彻底的失望。"

从二十世纪七十年代初期到八十年代末期，恰好是草间弥生一半时间在从事艺术，一半时间在患病，完全是一个孤独的人面对最单调如一的现实的时候，日本对美国文化的接受有了长足的进展。除了越来越流行的可口可乐、爵士乐、棒球和一九七一年在银座开设的第一家麦当劳，还有日本猪木与美国阿里的跨界格斗大赛以及一九七八年兴起的迪斯科舞热，最后一直到一九八九年美苏首脑马耳他会晤，宣布冷战结束为止，泛美文化对日本战后的新生代产生了重要影响。在文学领域里，村上春树也许就是一个典型，因为他作为职业小说家，最早是从翻译美国小说起步的。另外一位诗人、现任草间弥生美

术馆馆长建畠晢在当代美术与前卫艺术界驰名也是一个例证。他是一九四七年出生的，比村上春树大两岁，同样是从早稻田大学毕业的，都属于受美国文化熏陶的一代人。

根据建畠晢的自述，他是在草间弥生返日后的一九七五年才认识她的，当年十二月，东京的西村画廊为草间弥生举办了回国后的首场个展《从冥界发来的消息》，其中展出了很多拼贴画，这是草间弥生去美国之前一度痴迷过的创作方式。当年二十八岁的建畠晢是《艺术新潮》杂志的编辑，他回忆说："西村画廊并不大，但作品有力量，一想到这是一位影响过美国艺术界的人物，我就觉得她实在是了不起。第一次见她，甚觉她的眼光犀利，有点可怕，我不敢上前跟她多说什么。作为前卫艺术家的实力，草间弥生是超越日本的，这样的人物应该让全世界知道，我不能理解为什么当时的日本舆论总是打压她，真是不可思议。"（森美术馆《STARS展：当代美术的明星们，从日本到世界》云研讨会，2020年11月10日）

"一九八九年九月，纽约国际当代艺术中心（CICA）为了纪念开馆，举办了草间弥生回顾展。这个展览对美国重新评价草间弥生的艺术世界起到了决定性的作用。"

一九九三年，草间弥生作为日本代表，正式参加了第

四十五届威尼斯双年展,作为日本馆有史以来第一个个展,推出了《镜屋与自我消融》等作品以及南瓜装置,一共展出了二十多件艺术品。这个展览从日本走向世界的意义而言,其影响力以及扩散力都是不可忽视的。不过,还有一点必须指出的是这届威尼斯双年展的日本委员不是别人,而恰恰是一直力挺草间弥生的建畠晢,他当时的职位是多摩美术大学的教授,率先提议让草间弥生的艺术作品代表整个日本。在上述的云研讨会上,建畠晢承认当时的提议曾经遭到日本政府方面的质疑与压力,认为草间弥生是一个充满争议的人物,甚至将其批为"日本的耻辱",让这样的艺术家代表日本似乎不妥。对此,建畠晢坚持了自己的观点,没有做出任何让步,最终说服了政府官员。他为威尼斯双年展日本馆的草间弥生个展撰写了《壮丽的执念》一文:"她在二十世纪九十年代光彩夺目,同时又具有一种不稳定与神秘的另类印象,紧紧地吸引了我们。"

与建畠晢同龄的美术评论家谷川渥在《美术手帖》一九九三年六月号上发表了应援文章《增值的魔幻》:"总之,这是一件令人痛快的事情,如果这一决定并不是因为日本再也送不出像草间弥生这么有冲击力的艺术家的话,那将是万幸。不过,这一事实至少不能否定她那自由奔放、独立自负的创作风格已经被提升到了代表国家的高度上了,时代真的变了。"

草间弥生从美国返回日本之后,作为前卫艺术家东山再起,其中除了她所坚持的忘我的、献身式的艺术创作之外,还得益于二十世纪六十年代受美国文化影响的知识精英的推荐与赏识,这是希望日本的艺术文化能够走向世界的一批人,甚至可以称之为"一个群体"。由于篇幅所限,在此不能一一列举更多的幕后人物,但在经济腾飞后的日本,这一群体的主张能被自己国家的政府采纳也许并非偶然,因为其中必定包含了国家相应的文化战略,犹如美国当年对日本实施的跨文化外交一样。

文学翻译的中日文现场

从事文学翻译工作的这些年,最大的收获也许是翻译本身的现场。关于这一点,我在很多类似翻译理论的书籍与论述中都没能找到相关的印证,这让我产生了疑问。翻译一本小说,作为译者,难道只是追踪字句一页一页地翻译,进而完成语言转换吗?至于译者是处于何种环境,甚至在何种心情下处理的译稿,这些因素都不会影响译文本身吗?对此,仅以我个人的经验而论,其影响是不可忽略的。

眼下,全球疫情肆虐,大学的开学典礼已被取消,新学期也被延后,没有什么紧急的事情尽量窝在家里,这几乎变成了各国抗疫的一个套路，无一例外。作为文字工作者，无论是译书，还是写书，包括我最近开始痴迷的画绘本在内，全是案头工作，因此与窝在家里的概念并不冲突，甚至是完全吻合的。不过，其中有一个最大因素是心情的变化。疫情对世界的影响是深刻的，用德国总理默克尔的话说，这是"二战"以来最需要人类社会团结的时刻。疫情令人不安与焦灼，不知何时才能平息，犹如一条看不见出口的长长的隧道一样。

这话说来也巧，日本搞笑艺人、芥川文学奖获奖作家又吉直树的中篇小说《剧场》的翻译工作是从二〇二〇年二月二十七日开始的，而这一天是安倍首相为了紧急防疫，突然要求全日本公立中小学停课的日子。尽管这一要求并无法律功效，但打开电视，几乎所有的频道都在播放一些消息，诸如学生被停课家长怎么办，能不能去附近的公园，单亲家庭不能留孩子一个人居家，只得请假回家，但家长的工资到底由谁支付，等等。整个社会瞬间上演了一场巨大的家庭戏，千姿百态，叫人应接不暇。《剧场》讲的是一个纯爱的故事，主要人物是一个名不见经传的

编剧与一个为他献身的女学生，场景的变换并不多，但文字行云流水。随着深度阅读的延续，可以从中直接感受到现实与舞台的交织与离合，真实感超强。

实际上，《剧场》是我这两年翻译的又吉直树的第三本书，前两本是《火花》和《东京百景》。二〇一七年《火花》中文版在上海首发，跟他公开对谈时，得知他是在北海道的札幌写的《剧场》。我问他："为什么偏要到札幌写呢？"他的回答是："我二十岁的时候曾经住在小樽的剧场里，每天排练，但没人来看我们的戏。当时也去过札幌，心情低落。"不用说，又吉直树是为了还原小说《剧场》主人公的心境才选择了札幌，他注重的是写作现场。作为译者，能与原作者在这一点上产生共鸣是一件幸运的事情，因为我一直主张文学翻译需要转换语言的现场。

二十年前，我先后翻译过日本佛教经典《叹异抄》和仓田百三的剧作《出家与其弟子》，这其实是一套书，因为剧作是对净土真宗亲鸾高僧一生的编写，该剧作自一九一八年首发单行本至今，光岩波书店一家出版社就重印了近百次。法国文豪罗曼·罗兰读过该剧的英文译本后深受感动，曾直接寄信给仓田百三本人。德国哲学家海德格尔也对该剧大为赞赏。据说三岛由纪夫自杀前不久，还重读了这部青春的史诗。对于作为日本大正文学的巅峰之作，如何才能最有效地翻译出来？我当时想到的就是现场。做过一番功课之后，了解到仓田百三是广岛县庄原人，当地还有他的文学纪念馆，于是，我调整好了时间，带着原著上路了。从神户乘新干线到广岛车站，再换公交车坐两个小时抵达庄原市，住进民宿时正好是黄昏。残阳如血，顿时让我感受到了仓田百三因患肺结核而卧床不起时的激愤与恐惧，同时也让我"零距离"接触到了他的所想所思，接下来的日子一气呵成。这是我翻译《出家与其弟子》的全过程。

当然，文学翻译为了寻找语言转换的现场并非与原著对等才行，而大部分的情况，只是为了让自己进入最好的状态而已。二〇〇四年春天，我受《文艺春秋》月刊的委托，为莫言的专稿《历史小说与我》当日文翻译，其中很多篇幅涉及中国古代的兵器，这是很难翻译的部分。根据我周围的日本汉学家的说法，但凡是中国文学作品被转换成日语时会遇到两大难关：一个是古代的兵器，一个是骂人的脏话。如此看来，翻译不可闭门造车，难关之所以存在，是因为日本没有相应的物件以及相应的称谓。于是，为了避免翻译中的苦思冥想，我选择了在莫言访问日本时与他同行，并且在旅途上与他细谈专稿，结果也是一气呵成。现在想起来，与他一起的文学之旅已经变得非常珍贵了。

除了上述两个完全不同的经验之外，我还有一个另类的体验。这是翻译村上春树的短篇小说集《没有女人的男人们》时的事情。二〇一四年，上海的编辑约我翻译这本小说集里的一篇，问我希望翻译哪一篇，我当即回答同名的《没有女人的男人们》，其他别无选择。编辑问我为什么对这一篇情有独钟，我说这只是因为我现在居住的地方就是村上春树的老家。这个故事从深夜突然接到一个陌生人的电话开始，都是发生于此的，因此甚觉地气十足，而且这个地气是可以接的。我在家翻译时，整个状态都非常亢奋，为了一个半音音符的准确表达，甚至拿起了好多年都没弹的吉他弹了一下午。虽然我知道弹吉他与译稿没有什么直接的关系，但语言转换的现场

就应该如此。

顺便说下，当天弹吉他翻译村上春树的那一段是这样的："你就是那淡色调的波斯地毯，所谓孤独，就是永不滴落的波尔多葡萄酒酒渍。如果孤独是这样从法国运来的，伤痛则是从中东带来的。对于没有女人的男人们来说，世界是广阔而痛切的混合，一如月亮的背面。"

一位作家是通过作品让众多的读者了解纷繁世界的，这跟译者是同构的。如果我们把语言转换的环节去掉，原作者与译者与其说是同构，还不如说是同心。这是因为译者的思维是针对文本而言的，这是一个被原作者提炼出来的虚拟的现实，同时也是一个提供给译者的无限大的语言转换空间。不过，一旦这个转换不再存在的话，译者所针对的文本就变成了零，所剩下的只有非虚拟的现实了。有人说，未来的世界完全可以依靠电脑翻译完成人类复杂的思维成果，但关键的问题是，电脑如何呈现翻译现场呢？我们无法想象电脑也能一边弹吉他，一边思考原文，因为电脑的操作只是无血肉的计算，毫无情感可言。这对文学翻译来说，是荒诞无稽的！

现在把话说回到《剧场》，我原本打算带上原著飞到北海道的札幌，集中一段时间翻译，从翻译的过程中仔细体会又吉直树所说的心情低落。因为这是小说《剧场》的关键词,有关情绪的细节描写都是以此扩散开来的。

如今的世界实在是瞬息万变,二〇一九年秋天,当我与出版社签约准备利用大学的寒假时间翻译《剧场》时,谁也没想到如今会有新冠病毒冲击全球,更没有想到,我的北海道札幌之行于二〇二〇年春季告吹。

今天,我继续居家抗疫,翻译没有停,但已无力再说什么翻译现场了,因为闭门不出就是对整个社会的负责。这回翻译的是内田树教授的《日本习合论》,这是他继《日本边境论》中文版发行十年后的姊妹篇。二〇一一年秋天,当时作为《知日》杂志书的主笔,我为《日本边境论》写了序,为此跟内田树教授本人见面时,说得最多的话题就是文学翻译的现场。他是学法国哲学的,本身就具有外部的视野。他在《日本习合论》中写道:"文学也是如此。一直到明治初期,我们先不说作为文学的完成度如何,其中是没有国际共通性的,尾崎红叶是泷泽马琴与井原西鹤的江户文学的延长。当时,还没有与欧洲文学如何'妥协'的问题意识。在这个转折点上出现的人物是二叶亭四迷,他熟知俄国文学。谈英国文学的是夏目漱石,去德国留学的是森鸥外,到美国与法国游逛的是永井荷风,他们接触到了与江户文学完全不同的异种文化,进而把形成自己文学的传统当作了一座桥梁,并作为一项任务接受了下来。"

如果做一个延伸阅读的话，内田树教授的这段话也说明了语言转换的现场。正如"习合"两字所表达的意思一样，既是文化上的"混搭"，又是对越境语言的思考。对我个人来说，愿意把中日两国的文学翻译当作一项任务来完成，同时也当作一座桥梁。不过，无论怎么说，先是衷心期待疫情能早日得以平息，全世界平安，让我重新返回中日文学翻译的最佳现场，这是我现在的一个祈愿。

おわり

(終)

すべての
生き物

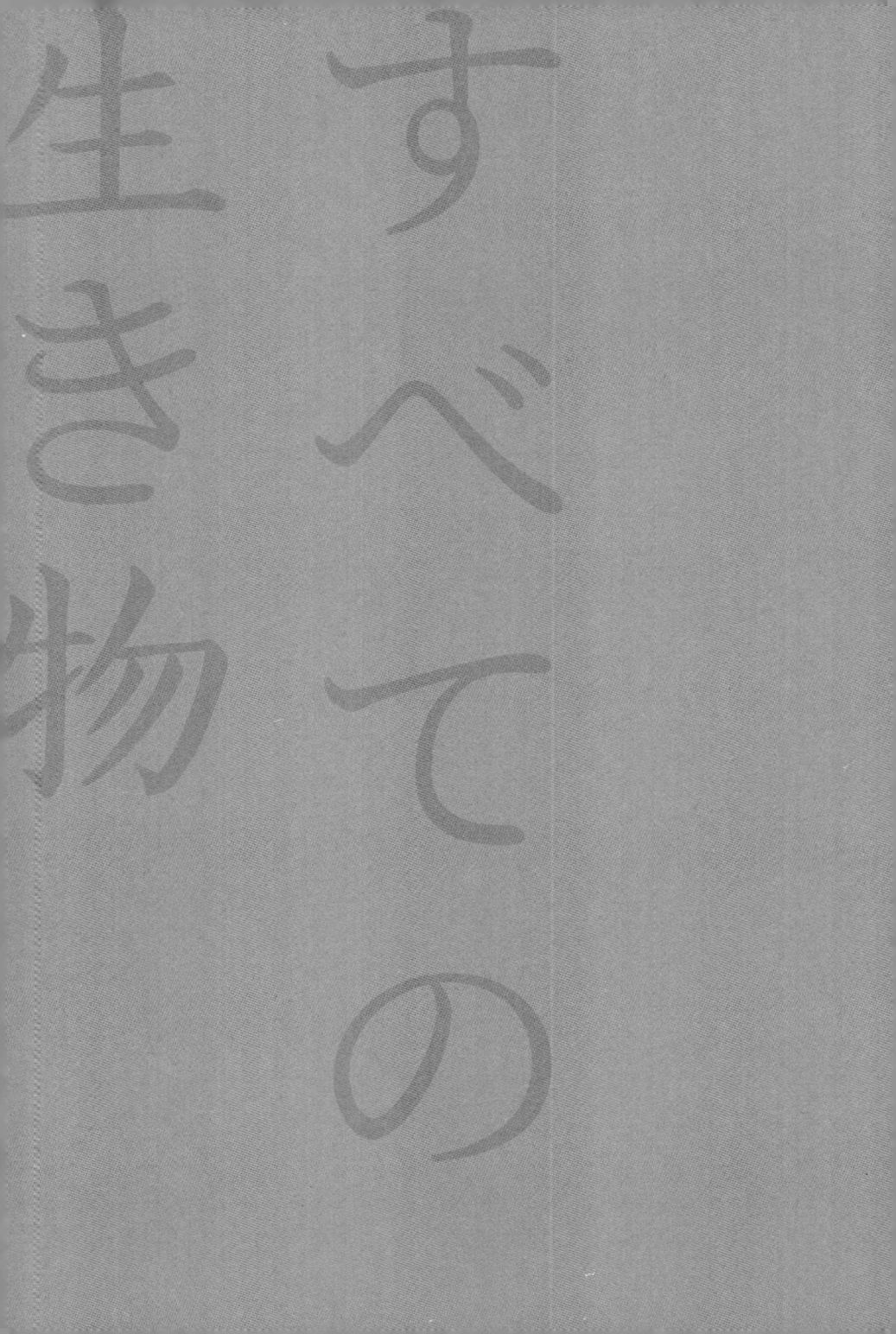

手账生活

2020.1.3

HAKONE since 1920
EKIDEN
第96回箱根駅伝.

正月といえば、箱根駅伝。正式な大会名は「東京箱根間往復大学駅伝競走」、2020大会で96回目だ。

说起元旦，谁都知道箱根接力赛。

正式的名称是"东京箱根间往返大学接力赛"。
2020 年是第 96 届。

2020.1.11

Other Parts of the Home

ソーセージ & ベーコン
自家製でとても
おいしい！

弾力あるお肉を噛むと旨みが
ジュワ〜！
\ 鴨の炭火焼きステーキ /

As you do this, avoid any unnecessary thoughts, instead allowing your body to focus only on the task in hand. When doing this alone!

你做此事时,

不要思考太多其他不必要的事,

仅仅需要将注意力集中在你的手上。

有弹性的大肉,

一嚼起来就会流汁,

烧烤鸭肉也一样。

2020.1.18

世界史的考题出现了错误,每个考生白拿2分。盛田市上田考场有一名考生的试听器械出了故障,中途启动再考。

「世界史B」で1問の出題ミスが発覚、会員に2点を与える措置が取られることになった。盛岡市上田の会場で1人が英語(リスニング)で機器の不具合を訴し出て、中断箇所から再開テストを受けたという。

2020.1.19

上午是理科1与数学1，下午是数学2与理科2。

加油啊！至今为止的努力不会骗你，冲着目标夺得及格！

午前、理科1と数学1
午後、数学2と理科2

ガンバレ

今日までの努力は
決して裏切りま
せん。目標に向かって
合格を勝ち取ろう!!

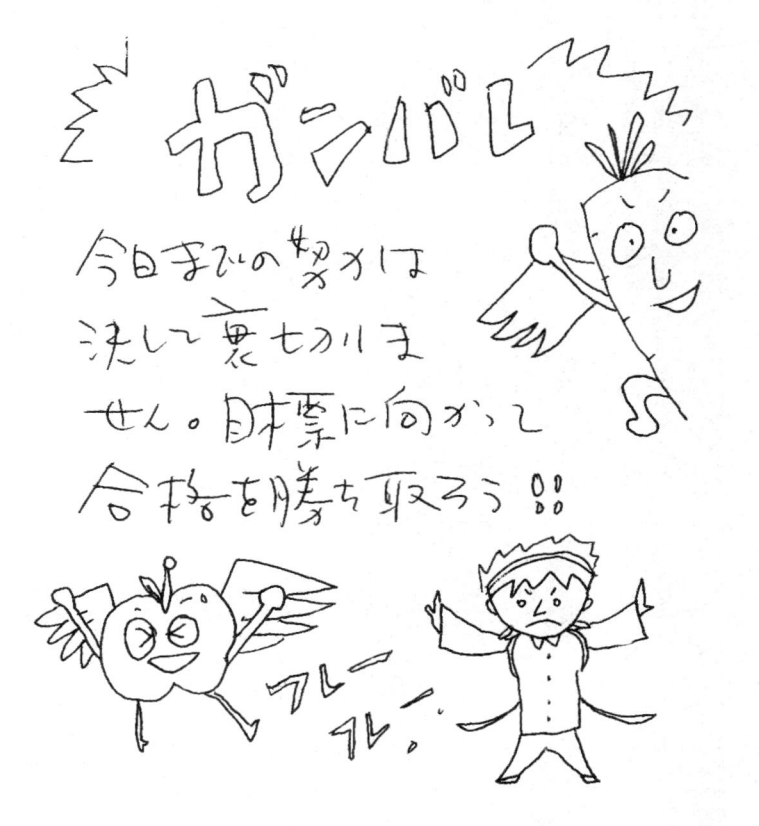

フレーフレー

2020. 2. 15

穂高湖（ほだかこ）

兵庫県神戸市の瀬戸内海国立公園六甲山地にある人工湖だ。森林と一体化しているような風情があり、上高地の大正池に似ている。
↑長野県松本市安曇

穗高湖是人工湖，位置在兵库县与神户市濑户内海国立公园的六甲地区，琼林玉树，跟长野县上高地的大正池酷似。

2020.4.22

草间弥生《无限的网》。

两种语言相通说明了什么？这是需要探索的问题，苦苦探求之后，究竟会有什么等待着我呢？

2020.4.23

草间弥生本人就是一个大波点，这是她的特色。

2020.7.15

マサーカリアランス

〆切も迫ってきたから
時間が許す限り、
毎日少しでもその翻
訳を進めるようにして
いる。刺激的だ。

遠隔な
業が続い
ている。これ
は本当に
疲れている。

讲究点范儿吧。

截稿日越来越迫近，可每天也只能一点点完成，够刺激的。

云课堂还得讲课，真累。

2020.8.13

吉本興業芸人群。

喜じ場が映画をみた。よかったが、芸人
君毛の顔ばかりが浮んでくる！

吉本兴业艺人群。

我看了电影《剧场》，虽然很棒，可脑海里出现的全是这帮艺人。

2020.12.1

一言添えて戴く。

Is this Hawaii?

Flying AZARASHI
『100日後に死ぬワニ』
のきくちゆうきが送
りけする。あなたの心
にふわっと入りこむPOPでCOOL
なアザラシの物語。

问问一讯社,

这是夏威夷吗?

《100天后会死的鳄鱼君》菊池君为你
送出海狮君的故事,很暖很酷。

后记

这本书的出版有这么一个契机，在此记录一下。

2020年上半年疫情肆虐时，我收到接力出版社的邮件询问，问我能否翻译一本叫《100天后会死的鳄鱼君》的四格漫画书。当时，这本书在东京很火爆，其中的一个理由也是因为防疫期间，日本政府要求国民尽量少出门，而且还要求百货商店以及公共设施全部关闭，学校停课。瞬间，一个前所未有的非日常场景开始出现了，人世间似乎突然归零了。鳄鱼君很"丧"，作者为大家讲述了一个倒计时的模拟人生，场景很真实，并没有天马行空般的描绘，但随处都能见到人与人之间的真情。于是，跟责编

几经联系，顺利签约，并很快完成了全书译稿，书在同年10月份出版了，速度很快，受到了读者的欢迎。随后，在责编的安排下，我跟原作者菊池祐纪以及接力出版社的绘本作者徐瀚（Hans）一起做了云鼎谈，一路下来很愉快。

其实，接受这份翻译的工作也是因为我平时喜欢在手账上涂鸦，而且越涂越快乐，这让我多少能够体会绘本与漫画作者创作时的感触，有一种超越虚拟空间的"存在"，甚觉充实。随后，国内的疫情逐渐得到了大范围的控制，而日本的对策却屡不奏效，一直到今天我写这篇后记的时候，日本已经第三次发布"紧急事态宣言"令了，让人无语。不过，尽管如此，在责编的建议与鼓励下，我重新翻阅了自己的中文备案，加上每天的涂鸦记录，才使这本书诞生。我常年用日语写作，养成了一个习惯，对每一个汉字都会放大了去仔细看，于是才有了几个

"活"字的出现。书名从几个篇幅中选择了有"活"的字，一个是来自语言的情感，还有一个是来自生活中的真实。因为，我一直觉得生活有冷、有热，不过这才是生活，一棵常青树。

不用说，这个过程本身也是与现实对号入座的。还是卷首语说过的那句话："了解日本是为了丰富我们自己的智慧。"感谢大家的阅读与支持，让我们共同进步。

最后，衷心感谢接力出版社和责编高效率的工作以及参与制作这本书的所有人，是大家让我在疫情期间的日本古井无波，继续锁定"了解日本"的目标。

深谢！

毛丹青
2021年5月9日于神户市